U0146489

阅读

三岛由纪夫 YUKIO
MISHIMA

讲谈

商务印书馆
The Commercial Press

［日］三岛由纪夫 —— 著　　黄毓婷 —— 译

商务印书馆（成都）有限责任公司出品

目 录

第一章　本书执笔的目的　　　　　　　　1

第二章　各式各样的文章　　　　　　　　9
男性文字与女性文字　　　　　　　　11
散文与韵文　　　　　　　　　　　　18
文章美学的历史变迁　　　　　　　　28
品味文章的习惯　　　　　　　　　　36

第三章　小说的文章　　　　　　　　　　41
两种范本　　　　　　　　　　　　　43
短篇小说的文章　　　　　　　　　　54
长篇小说的文章　　　　　　　　　　67

第四章　戏剧的文章　　　　　　　　　　73

第五章　评论的文章　　　　　　　　　93

第六章　翻译的文章　　　　　　　　101

第七章　文章技巧　　　　　　　　　113
　　　人物描写——外貌　　　　　　115
　　　人物描写——服装　　　　　　125
　　　自然描写　　　　　　　　　　130
　　　心理描写　　　　　　　　　　137
　　　行动描写　　　　　　　　　　147
　　　语法与文章技巧　　　　　　　153

第八章　结语　现实中的文章　　　　163

附录　关于文章的 Q&A　　　　　　175

第一章

本书执笔的目的

有所谓专供观赏之用的水果，一如佛手柑，其形可观，其芳可赏，却不能食，和一般可以下肚成为营养的实用水果不同。那么严格来说，是否也有纯供欣赏的文章呢？从前是有的，所谓"美文"就是专供欣赏的华丽文章，比如中国的四六骈俪体[1]。当时写文章的技巧属于特殊的技能，当今时代教育普及，只要不是文盲，谁都会写文章，为此，写文章这一技能的特殊性也日渐淡薄，我们身边能够阅读到专供欣赏的华丽文章的机会也就愈来愈少了。

尽管如此，文章还是免不了带着几分微妙的专业性质。看起来谁都能写的普通文章，或是谁都读得懂的文章

---

[1] 骈文是我国古代一种特有的文体，以双句为主，讲究对偶、声律和藻饰，其句多四六对仗，故又称四六文或四六、骈俪、骈体等。——译者注（本书如无特殊说明，皆为译者注）

里头，其实都经过了特殊且专业的锤炼。现今即便有供人欣赏的文章，也会将这层意义隐藏起来，在表面上伪装得和一般的实用文章没什么两样。例如，杂志或各式各样广告上可见的标语，虽然没有高深的文学含义，却都是基于各自的目的，经过锤炼、讲求技巧的结晶，绝非业余之作。

自从推行现代口语文[1]之后，一般大众的文章都改用日常生活的语言，不过在部分书信当中仍旧存在"候文"[2]的体裁，官厅及军队也仍在使用艰深的汉语。天皇陛下的敕语本来只可心领神会，二战结束之后，来到了敕语也变得口语化的时代，天下文章看似愈来愈平均化的同时，口语文却也因为不同的目的与用途，而存在着写作方法上和语感上的差别。先谈谈我个人的经验：过去我在大藏省[3]工作的时候，也曾为了撰写大藏大臣的演讲稿而吃足苦头——原本我所拟的一篇文情并茂的讲稿，竟被认为可能严重损害大臣的威信。课长说我写得太蹩脚，让我的上

1　现代口语文即白话文，"现代口语文"或"口语文"都是相对于日本明治时代以前的通用文字——"文语文"而言。文语文以平安时代贵族的语言为基础发展而成，长久以来在语汇和文法上已经和日常语言相当不同。明治时代为求普及教育，推动"我手写我口"的"言文一致运动"，才确立了现代口语文的样貌。
2　候文（そうろうぶん）是日本中世以来的文体之一，在江户时代成为官方和正式书信的文体，直到明治时代口语文兴起后才告衰落。
3　大藏省是日本中央政府下面的一个行政机关，其组织和功能相当于财政部。该机关于2000年时进行重组，主要业务由新设的财务省继承，因此"大藏省"如今已成历史名词。

司把稿子彻底修改，结果改成了一篇令我俯首称臣的"杰作"——它虽然是口语文，却闪耀着八股文的光辉。那篇文章完全不带任何情感或个性，并刻意删除了所有可能动人心弦的修辞，变成了位高权重者对多数不特定的大众发言时所用的独特文体。

我不打算在这里突然开始谈论文体的问题，只是对先前出版过的《文章读本》[1]一味迎合全民写作的风潮、鼓吹"能读就会写"的主张有些微词。妇女杂志上有谈论婚姻生活的文章，教导人们关于婚姻生活的规则、新婚的心得、初夜的感想等普遍的法则，但写文章并没有那样放诸四海而皆准的守则。我们从小学开始学写字、习作，并学会写作文的一定格式，但要更进一步的话，就得经过许多专门的阶段，研习专业的技术，毕竟实用文章和供人欣赏的文章从某个阶段就分道扬镳了。但所谓的业余文学模糊了这种文类的疆界——一种模仿而来的品位，和无意识间流露出来的实用语气奇异地交相混杂，或许这就是业余创作

---

[1]　本书原名为《文章读本》，在三岛由纪夫执笔写作本书（1859年出版）以前，谷崎润一郎和川端康成都已分别写过品评文学的书籍，皆名《文章读本》。谷崎润一郎在1934年写《文章读本》的目的在鼓吹大众创作更多的通俗文学，鼓励读者"多读多写""文章没有实用和艺术的区别"。三岛显然对这样的态度不以为然，所以在这里明确说他写本书的初衷是"不平而鸣"。在谷崎、川端、三岛这几位重量级作家写过《文章读本》之后，以同样书名谈论文章的作家络绎不绝，例如吉行淳之介、丸谷才一、井上厦等，都有与前人相呼应的意味。

的有趣之处；不过，我这本书是从读者角度来谈，而非从创作者角度来谈，总得先把定位搞清楚，目的才会明确，也才能打破读者诸君对业余文学的迷思。

蒂博代[1]把小说的读者分成两类：一类是"普通读者"（lecteur），另一类是"精读读者"（liseurs）。根据蒂博代的定义，一方面，"普通读者对小说是有什么就读什么，他们不会追随'兴趣'一词涵盖的任何内在或外在要素"，阅读报章连载小说的读者就属于这一类。另一方面，精读读者乃是"小说世界因他而存在的人"，他"并不把文学当成短暂的消遣，而是当成目的本身，他是小说世界的居民"。精读读者必须兼具其他修养，同时是美食家、狩猎高手等，是所有嗜好者的最高等级，可谓"小说的生活者"。愈是在小说世界中如真实世界般行走坐卧的人，就愈是对小说体会深刻的读者。我写这本书的目的，就是期望能引导目前满足于当普通读者的人，进一步成为精读读者。请容我区区一介小说家讲句僭妄的话，我认为，作家首先必须也是一个精读读者，若没有经过精读读者的阶段，就不能品味文学本身；若对文学缺乏品味，是成不了作家的。只不过，精读读者和作家之间毕竟还有"才能"这个神秘的关键，此外，也由于每个人生来各有不同

1　阿尔贝·蒂博代（Albert Thibaudet, 1874—1936），法国作家、文学评论家。

的性格和命运，所以有人是绝佳的精读读者，却当不成作家；也有满是偏见的大作家，始终拒绝成为其他作品的精读读者。评论家夏尔·奥古斯丁·圣伯夫[1]即是一例，他是位绝佳的精读读者，但他写的小说全都失败了。而日本相当出色的小说家志贺直哉，读了司汤达的《帕尔马修道院》，竟批评主角法布利斯说："什么嘛！不过就是个不良少年！"志贺先生有种作家的洁癖，那就是对与自己文学品位不合的文学作品一概拒斥，这一类的作家会下意识地排斥和他们品位不合的文学作品，因此即便具备精读读者的条件，却不愿为之。对大部分读者来说，这种偏颇的阅读方式一点意义也没有。

直到现在，我对中学时代所受的作文教育仍然抱有很大的疑问。没错，作文是从一般情感为出发点教的，然而获得赞誉更多的则是那种平铺直叙、不假修饰，或是淡淡写来却含义深刻的文章，只是，从原本的文章之道来谈，这样的文章乃是作家剔除了诸多额外的要素才臻至理想境地，中学生这种精力旺盛的年纪又怎么可能理解呢？此外，不同的时代、不同的民族有各式各样类别的文章，很难界定哪一种是最上乘的，比如说，马塞尔·普鲁斯特[2]

1　夏尔·奥古斯丁·圣伯夫（Charles Augustin Sainte-Beuve，1804—1869），法国作家、文学评论家。

2　马塞尔·普鲁斯特（Marcel Proust，1871—1922），法国小说家。

的文章虽然清楚易懂，却不够简洁，与大部分知性又精练的法国文学作品截然不同，因此普鲁斯特的文体最初被视为劣作，直到近代人们才认定那是他所独创的新体裁。可见文章会进步，也会变化，依照各自的特性发展出最优秀的作品。这本书并不打算独钟哪一种特定的文体，或武断地排列出优劣高下的等级，我只期望能尽量脱离自己的好恶和偏见，看见每种文章的趣味，对每种文章之美保持敏感，这样就足够了。

第二章

各式各样的文章

男性文字与女性文字

纯粹的日文指的是假名。平假名歪七扭八的外形很难让人感受到威武的男性气概，事实上，平安时代以平假名写就的文学作品也多出自女性之手，纯粹的日本古典文学以女性著述和阴性文学为代表，这个传统绵延至今，若要一言以蔽之日本文学的特质，说是女性的文学可一点都不为过。

那么男性又是如何涉足文学领域的呢？平安时代把汉字称为"男性文字"，把平假名称为"女性文字"。像《和汉朗咏集》这一类汉诗诗集的作者几乎都是男性，而三十一文字¹或是和歌的歌集里面，虽然有不少男性作家，但女性在其中也不遑多让——岂止如此，还占有代表性

---

1 三十一文字即短歌，为日本文学形式之一。短歌的格律为五·七·五·七、七，首句和第三句为五音（五个假名），第二、四、五句为七音（七个假名），计三十一字，故名之。相对于汉诗是男性知识分子的主流文学来说，以平假名创作的三十一文字及和歌的创作者多为女性。

的地位。《土佐日记》的作者在开头便写道："男子所写的日记之谓，吾亦试作之。"这其实是作者对于自己假扮女人，用女性文字写作的借口罢了。

想想看，当时的社会针对逻辑与感情、理智与情思都有明确的男女之别，女性代表了感情与情思，男性则代表逻辑与理智，这种分别本来根源于男女两性上的特质，而平安时代的文章针对两性不一样的特质，所使用的语言也有殊异——逻辑与理智延伸出来的有政治和经济、社会关怀，以及一切与外在生活有关的事务，而感情与情思延伸出来的有热情、爱恋、嫉妒、情爱不得回报的苦楚、悲伤，以及为人在世一切内在的心绪。

文学的重心通常偏向后者（感情与情思），即便对现代文学而言也是如此，可是在古时中国文化风行草偃的时代，所谓的文学并不一定着重在后者。文学修辞涵盖了政治、经济、社会的所有面向，有些中国的古诗甚至可以在情诗的外衣下抒发政治上的慨叹。如今文学几乎等同于个人生活和私人情感的反映，这是现代以后才出现的现象。文章本来具有公共机能和私人机能两个面向，例如在古希腊，悲剧同时也是仪典，俄狄浦斯王内心的波澜起伏同时也呈现了对神支配下的人类命运的恐慌，而且他的命运与希腊市民的生活同在神的支配下，有共通的范畴。连接个人生活与公共生活的第三项要素是宗教，以平安时代来说，这个连接可以是惠心僧都《往生要集》所代表的来世信仰，也可以是构成《源氏物语》中心思想的华严宗教义，而在古希腊则同样有对众神的信仰。虽然这里把宗教信仰在日本平安时代的力量，与西方的希腊、中世的宗教力量相提并论未免流于轻率，但是它们在区隔个人生活与公共生活，以及同受宗教力量统率这点上是相对等同的，这个思考点与今日全然不同。在十九世纪浪漫派高唱情感至上以前，文章始终带着公／私的两个机能演进发展，在十八世纪的法国文学中同样可以观察到这一现象，例如，伏尔泰的文学不仅仅是政治讽刺，同时也是小说的一种典范。

然而回到日文的特质上来看，会发现很奇异的一点，日本人竟把男性特质、逻辑和理智的特质皆依附于外来思想。平安时代的汉语以及中国文学的修养，到了武家时代以后，在禅宗和儒教披靡的风气下，陆陆续续被新的外来文化取代。日本的男性文化几乎全假外求，另外也有不知外来文化为何物的日本男性——就像更早的《古事记》时代中的男人们，维持原始的纯朴，单纯地依凭官能，对感情全无概念。在男性发现感情之前，女性早先发掘了感情，而后男性宁可自囿于外来文化所引进的各种概念里。与去发掘自己的感情相比，男性更愿意从各种概念中汲取乐趣。男性愈加背离情感之后，便更进一步企图用种种哲学和宗教的概念去扼杀情感——儒教熏陶出的武士道有

13

多么严厉，相信大家都知之甚详。

这样的影响到了明治维新以后仍然挥之不去。当德国唯心主义的专有名词如风暴般席卷日本知识分子的语汇后，大大小小的抽象概念旋即被代入了德国唯心主义的用词，因为那时候的人认为，既然日本没有独自发展的抽象概念，就按照平安时代以来的习惯，用外来语充数即可。至于存在于日文中独特的抽象概念，始终包围着情绪的迷雾，浸润在咸湿的感情里，永远没有机会获得一个概念该有的自主性、独立性和明确性，可是，这种语言的暧昧特性，却因此得以不分男女地渗进民众的话语里，打造了庶民文学诞生的根基。不过，这是后话了。

这么看来，日本文学——应该说是日本"土生土长"的文学——在起步之初便欠缺所谓抽象概念，因此抽象概念可以有效发挥作用的故事构造或人物角色的精神层面等领域，在日本文学中往往不见思索，换句话说，男性的世界，亦即男性特有的理智、逻辑与抽象概念的精神世界，可以说长期以来都被弃而不顾。到了军记物语[1]的时代，虽然出现了叙事诗般的讲唱文学[2]以及《平家物语》《太平记》这样的巨著，但是其中所描写的男性不过是勇于行动

1　军记物语，是日本古典文学的分类之一，以历史上的战争为题材的文艺作品。——编者注

2　讲唱文学，是用散文的说白讲述故事，韵文的唱词歌唱，讲唱结合，互为补充的一种文艺形式。——编者注

的战士，杀人或者被杀，或策马疾驱或冲锋陷阵，或将敌人的扇子射落[1]等，传达的不过是男性动态的一面而已。

另外，平安时代的女性作家虽然开拓了书写男性的领域，但那是通过女性情感所见的男性形象。平安时代女性作家笔下的男人莫不献身爱情、一心爱着女人，他们都是女性理想的化身，只活在男欢女爱的世界里，即便像光源氏那样才气纵横的美男子，也被描写成见一个爱一个的登徒子，这和军记物语只写男性武勇的一面是同样偏颇的。可是，恰好是这方面的男性书写形成了日本文学最绵长、最深厚的传统——元禄时代的井原西鹤的《好色一代男》也属《源氏物语》之末流，同样是描写风流成性的男人。虽然这些作品代表了与当时主流的武士道德截然不同的庶民思想，但仍如以往轻忽了男性的精神层面——这个传统存在于日本人的无意识之处，一直延续到明治时代以后的现代文学。举例来说，志贺直哉的《暗夜行路》里的主角时任谦作，不但主动积极，同时也是个有异常官能需求的人，光凭这一点就和西方的现代小说大相径庭。从这里或许可以观察到日本作家书写男性形象的局限——这些作品里的男性完全不具有任何的抽象概念，只有主动、多

1　此指《平家物语》中，源氏、平氏两阵营在屋岛对战时的逸话。话说源氏、平氏在屋岛的海岸对峙之际，平氏派遣小船试图挑衅，却遭源氏的神射手将船头的军扇射落。此举刺激平氏全力进攻，最后落败。

情及在官能享受上才表现得"像个男人"。

我们必须时时谨记日文的这个特质，尽管有许多作家为了摆脱这个特质做过无数尝试，但根本上只要日本人继续使用着日文，就无法脱离这个特质的影响。姑且不论好坏，日本文学都无法否认在女性想法和情感的表达上独冠全世界，就这一点来看，日本现代文学继承了日本古典文学最丰富的特质，可视为一种成功，即便是缺乏古典文学造诣的作家，仍会因为所使用的语言本身处处掣肘并汲取到古典的滋养，最终得到上述的结果。

> 他愈是这么想，偏生愈是想念空蝉。但是现在这个轩端荻，态度毫无顾虑，年纪正值青春，倒也有可爱之处。他终于装作多情，对她私立盟誓。他说："有道是'洞房花烛虽然好，不及私通趣味浓'。请你相信这句话。我不得不顾虑外间谣传，不便随意行动，你家父兄等人恐怕也不容许你此种行为，那么今后定多痛苦。请你不要忘记我，静待重逢的机会吧。"说得头头是道，若有其事。
>
> ——《源氏物语·空蝉》[1]

1　丰子恺译：《源氏物语》，木马文化，2001年。

却说那藤壶妃子身患小恙，暂时出宫，回三条娘家休养。源氏公子看见父皇为此忧愁叹息，深感不安，又颇想乘此良机，与藤壶妃子相会，因此神思恍惚，各恋人处都无心去访。无论在宫中或在二条院私邸，总是昼间闷闷不乐，沉思梦想，夜间则催促王命妇，要她想办法。王命妇用尽千方百计，竟不顾一切地把两人拉拢了。此次幽会真同做梦一样，心情好生凄楚！藤壶妃子回想以前那桩伤心之事，觉得抱恨终天，早已誓不再犯；岂料如今又遭此厄，思想起来，好不愁闷！但此人生性温柔敦厚，腼腆多情。虽然伤心饮恨，其高贵之相终非常人可比。源氏公子想道："此人身上何以毫无半点缺陷呢？"他觉得这一点反而令人难以忍受了。

——《源氏物语·紫儿》

逐吹潜开，不待芳菲之候。迎春乍变，将希雨露之恩。（立春日内园进花赋）

池冻东头风度解，窗梅北面雪封寒。（笃茂）

——《和汉朗咏集》

散文与韵文

西方文学史的起点是韵文。希腊在有历史文学以后才出现散文，在那之前不管是叙事诗、戏剧，还是抒情诗，全是以韵文写成。

日本文学在古代就有了像《万叶集》这样的诗歌巨著，在此之前的《古事记》，内容是说书人传讲的文章，只有部分之处押韵，整体而言不算韵文。日文的特质使得韵文和散文的区别变得困难，因为日文难以押"头韵"，也不存在韵脚，不过，《万叶集》里头其实看得到古人也曾打趣作过一些押头韵的诗：

（持统天皇赐志斐姬之歌）

本来不愿听　志斐强要朕闻道　近来少听她

絮叨　引朕发想念

（志斐妪回奏之歌）

　　本来不愿说　奈何皇上多催促　志斐方才开

口道　何来说絮叨

　　　　　　　　　　　《万叶集》二三六、二三七

　　还有许多严格说来不算头韵，但利用"枕词"[1]创造出

与头韵相同效果的例子：

　　　父亲在世短暂如慈父果

　　　母亲在世须臾如慈母叶

　　　儿女时刻心挂念

　　　唯恐亲不待

　　　　　　　　　　　——《万叶集》四一六四

　　古希腊的吟游诗人荷马曾经吟唱道："璀璨双眼的女

神雅典娜！"[2]这也是利用类似枕词的功能来调节诗的韵律，

东西诗人不谋而合的表现方式相当令人玩味。荷马的英雄

和众神大多带着枕词，韵律整齐地在史诗中步武堂皇地行

1　枕词是和歌的常用技法之一，常用在某些特定的词汇之前，起到协调
诗歌韵律的作用。在本书的例子当中，"慈父果"和"慈母叶"就分别是"父
亲"和"母亲"的枕词。

2　原诗来自《荷马史诗》（*Homeric Hymn 39 to Athena*）。三岛在此以"璀
璨双眼的女神"修饰"雅典娜"为例，类比和歌中"枕词"的作用。

进，可是日本的诗离开《万叶集》的长歌时代以后，就只剩下三十一文字，接下来就等着进口汉诗来填补空缺。在三十一文字中，"五·七·五·七·七"的法则成了日文韵律上黄金分割的铁则，后来的军记物语以韵文方式书写时，仍然是依照七五调[1]。长久以来，七五调和五七调成为讲唱文学的传统，从军记物语到佛教的和赞[2]，一直到《净琉璃十二段草子》开启的"古净琉璃"，贯穿了净琉璃[3]的全盛期。而后散文也仿效净琉璃的文体，戏曲方面也有歌舞伎的默阿弥，在江户时代末期完成七五调的台词。七五调的影响力甚至远达明治时代以后，当坪内逍遥撰写《桐一叶》并首次译介莎士比亚时，都还看得到它的身影。七五调算不算纯粹的韵文还有待讨论，不过从日文的特性来看，足以称之为韵文。

一方面，散文公认是从和歌的词书[4]发展而来——原

1　七五调指"七字·五字"的格律。

2　和赞为日本佛教用语，指对佛祖、菩萨和祖师的赞歌，在形式上多使用七五调。

3　净琉璃的起源是《十二段草子》的净琉璃姬物语，讲的是净琉璃姬与牛若相恋，最后殉情的故事。它本来和平曲、谣曲同样都是配合琵琶、三味线等乐器讲唱的故事，因此同样具有讲唱文学的韵文特征，但后来因为净琉璃姬的故事大受欢迎，它的曲调便自成"净琉璃"的文类。江户时代，近松门左卫门为净琉璃编写了一连串适于舞台演出的剧本，大幅提高了净琉璃的文学性和戏剧性，因此后世史家将近松门左卫门以后的净琉璃称为"新净琉璃"，在此之前以讲唱为主的则相对地称为"古净琉璃"。

4　词书是写在和歌开头的题词，说明创作的时间、地点与背景等。

本附记在诗前的注释文章逐渐发展，演变成日记和物语，这已经是文学史的通论。平安时代的文学来自"好色之家"[1]的传统，和歌的应答就是在谈情说爱，从中造就出一些抒情的专家，但他们愈来愈不满足于只用和歌来传情，于是拓展了抒情诗的注释——这就成了日本散文的起源。因此，与希腊散文脱胎自希腊常见的辩论、演讲以及史家等学者文章截然不同，日本的散文乃是诞生在和韵文密切相关的抒情基础上，是为了阐释情意、描写情意、构成情意而逐渐发展成的。另一方面，韵文虽是从抒情诗的形态发展而成，可是随着宫廷生活没落，和歌的传统也逐渐衰颓，而由军记物语及其他的庶民讲唱延续了韵文的命脉。后来，韵文成了文盲群众的语言，散文的传统变成对宫廷式感情世界的怀旧。在德川时代[2]，所谓的"拟古文"在某些意义上已经成了一种炫学骄人的所谓教养。在元禄时代，井原西鹤的小说不拘一格地混杂着韵文和散文的特质，他所描绘的散文世界里，有商人的敛财吝啬和心计、

---

1 "好色之家"（色好みの家）引自《古今和歌集》的"假名序"。

2 德川时代（1603—1868）即德川家康（初代征夷大将军）入主江户城，直到末代将军德川庆喜大政奉还的二百多年期间，又称江户时代。德川时代实质统治日本的虽然是江户幕户，但形式上仍以天皇为尊，并使用天皇的年号，前述的"元禄"即东山天皇的年号。元禄时期因为工商活络，新富阶层的出现和印刷技术的发达，造就出鼎盛的美术、工艺、音乐和科学技术，历史上特别用"元禄文化"一词来总括这个时期的文化成就。文学上的许多重要形式也出现在这个时代，例如松尾芭蕉的"蕉风俳谐"、井原西鹤的"浮世草子"、近松门左卫门的"新净琉璃"等。

有娼妇的内心盘算、有富家子弟游戏人间的心态，这些内容已远非平安时代那种简单透彻的散文能够表达。西鹤以他独具特色的节奏感，创造出既是散文又是韵文，仿佛双面神杰纳斯[1]般的华丽文体。

我基本上认为日本不太需要有散文和韵文的区别，只是日本的现代文学作家受到西方思潮的影响，依样画葫芦提倡起散文艺术的精神来。这些受到自然主义文学洗礼的作家极力把散文的终极目标和自己的文学理念调和在一起，但日文的特质背后，横亘着长期散／韵混杂的历史，早已切割不开，即便经过口语文运动那样重大的变革，影响还是残留不去。现代文学当中，例如泉镜花的作品，便明显保留韵文文体的传统，作家石川淳就还是用这种文体写作。另外，谷崎润一郎的散文里头，也一脉相承了口述文学那种浩浩汤汤的韵文文体。

散文是最接近实用的文章，它的指涉最明确，清楚明了又不假修饰，能将事物以最接近写实的方式呈现出来。然而，偏偏日文就是没办法如此清楚明白地去表达。日文的特质在于它不直接陈述客观的事物，却擅长点出事物散发的风情以及周边的氛围，因此用这样的散文写成的日文

---

[1] 双面神杰纳斯（Janus）在罗马神话中是掌管一切门关的神，代表开始与结束；一年之初的一月（January）便来自双面神的名字，象征新旧年的交替之关。三岛在这里显然并未在意神话内容的意涵，只借用了双面神在字面上的意思，表示井原西鹤文体既韵又散的两面特质。

22

小说也就处处可见这样的特质，只能在某些地方减弱散文的特性，并努力充实文体了。现代人已经不写七五调的文章了，可是日文独特的七五调韵律依然在我们周遭随处可见，比方说立在警视厅门口的告示板：

"疏忽仅一秒　伤病伴一生"

"打灯谨记往下照"

"别用手握方向盘　要用你的心"

除此之外，还有一些广告文案以及日常生活中会见到的标语，都还保持着七五调的形态。

"打了一次大喷嚏　露露服三锭"

"大叔温泉我超爱"

"相见有乐町！"

前一阵子我去参加一场以外国人为主的餐会，问了一位小说家："你们在写小说的时候，会去想印刷出来的视觉效果吗？"他很肯定地回答说："绝对不会。"就日本人来看，英语的 Y 是笔画往下拉，L 往上伸展，印刷时多少会有起伏和凹凸的效果，想必很有趣，可是外国人似乎不太在这方面费心思。与视觉效果相较，外国人的文章不管是什么形式的散文，都相当注重听觉的效果——所谓"听觉的效果"当然不是指进行曲或华尔兹那么显著的音乐效果，而是"无韵之韵"，也就是在无声之中产生的韵律、从人的内在韵律显现于感情之上的韵律。英美作家在创作时，由于不是使用象形文字，便可以完全不用考虑文字的视觉效果。

对日本人来说，一旦学会了象形文字，边写文章边考虑它的视觉和听觉效果就成了再自然不过的事。举例来说，伊藤整在《关于女性的十二篇》里，开创了频繁地将汉字转写成片假名的技法。这种技法有绝佳的嘲讽意味，因为它借此将我们所熟悉的抽象概念变得一文不值。即便发音都相同，以往相貌堂堂的汉字换成片假名之后，以赤条条的形式直接呈现出来，这就像我们本来以为国王穿着美丽的新衣，却突然发现他其实一丝不挂一样。抽象概念的尊贵外表被揭穿后，就会产生滑稽之感。伊藤氏将大量的汉字片假名化，掀起了一阵风潮，虽然这个风潮对伊藤氏而言是个困扰，对我们读者大众来说也不胜其扰，但是伊藤氏笔下的这个技法确实发挥了破除偶像的功能。只不过，长久以来被汉字驯化后，就算把汉字变成片假名，从我们眼里看来彻彻底底变了外形，但脑子里仍不免会反射出原本的汉字。如果像"假名文字会"[1]的那些人那样把汉字的字义和内容全转变成片假名的话，那么几乎连文义都无法理解了。

透过汉字，我们体会到视觉美感这个扰人的东西，并同时失去了与假名文章，也就是女性文字所具有的明澈情思的联结，这是我们的历史宿命。谷崎润一郎在《盲目物语》中，尝试只用平假名写现代小说，但这除了复古之外别无意义，想要将其作为现代小说的文体一事，仍不可行。

　　祇园精舍的钟声，回荡诸行无常之音；沙罗

双树之花色，显现盛者必衰之理。骄者不久长，

犹似春夜梦；猛者终必亡，直如风中尘。

　　　　　　　　　　　　　　　　——《平家物语》

　　别矣斯世，别也今宵；投死之行，梦中梦杳。

1　假名文字会成立于20世纪20年代，主张废除汉字、只用假名书写。它的立意在于排除一般人学习方块文字的困难，让日文成为和西方语言一样的表音文字。许多在政经和学术上具有高度声誉的人们都是假名文字的支持者，因此假名文字会一直到60年代仍然在日本的国语政策上具有重要的影响力，也主导了战后日本削减常用汉字字数的政策。

譬犹无常原上道旁霜，一步逐一步，行行去消。堪哀，服晓七声钟，已听第六声；剩得一声听竟，便寂灭为乐，了却今生。岂但与钟声长别？草木天空，俱成永诀。仰看云无心以出岫，双星映河面以清冽；北斗指天心而不移，银河济牛女于永劫。我和你，可是天上的夫妻；梅田桥，恰比得天河鹊。二人相依相偎，誓不离身紧相贴；潸潸凄泪泻河中，管叫河水添，深情波迭。

——近松门左卫门《曾根崎鸳鸯殉情》[1]

只要像常人一样生活在人世间，就少不了有身着和服裙或者无袖上衣与人们进行交往的麻烦。人们注重自身仪表，所以，每天早晨要让人梳头，这也是烦琐的事儿。所以，有人便剃掉头发，身着袖笼缝死的短身和服，成了和尚或隐士。以往，曾有这么一个人，他原本是一个大家庭的主人，但是，后来他却做了无任何烦恼的逍遥隐士，隐居于男山脚下八幡町的柴之座这个地方，过起

1　钱稻孙译：《近松门左卫门作品选／井原西鹤作品选》，光复书局，1998年。《曾根崎鸳鸯殉情》为日本传统戏曲净琉璃和歌舞伎的剧目之一，此处引用的段落包含了说书和唱曲的部分，原本应在引述时分别标示出来，但本文的主要关注是散、韵的特质，故在引用时省略了说书部和唱曲部的分别，而当作连贯的文章。

专心于诗书文字的生活。

又有一个人，他让人在宅邸的东侧建造了一处仓库，里面存有价值三十万金币的贵重物品，西侧则建起一幢以银箔装饰的住房，室内装着有画着春画的隔扇，从京都招来很多美女，过着随心所欲的神仙般日子。有时候，他让女人们都脱光衣服互相摔跤，或者让她们仅穿一件薄纱贴身裙，那白嫩的肌肤和那黑乎乎的部位都可一览无遗。传说中的无所顾忌不拘礼节尽情放纵的聚会大概指的就是这种情景吧。此人原本是若狭小滨人士，他无一遗漏地鉴赏了日本北方各港口的妓女和敦贺的妓女之后，如今居住在京畿。世之介已经与父母断绝了关系，无依无靠，就像那没着没落的波浪也会发出声音一样，他边走边唱，沿着淀川河岸流浪于交野、枚方、葛叶等地，来到桥本后暂住下来。此地是大和的耍猴艺人、西宫的木偶戏艺人和挨门演唱的乞讨艺人的栖身之处，因此，这些人真可谓是一丘之貉，而他们无不隐姓埋名进行了种种的伪装。

——井原西鹤《好色一代男》[1]

---

[1] 王启元译：《好色一代男》，台湾商务印书馆，1998 年。

文章美学的历史变迁

二叶亭四迷[1]以后，我们的文章经过了革命性的变化——在那之前的文学全变成古典文学。明治时代的作家当中，即便是樋口一叶的《青梅竹马》，还有尾崎红叶的口语体之前的作品《金色夜叉》等，对现代读者而言都已经算是拗口难解了。诗的领域亦然。西方的现代诗翻译进来也有一段时间了，可是上了年纪的人提到诗，联想到的只有汉诗，也听说有前卫的现代诗作家，因为对老人家自称是诗人，就被请去挥毫写汉诗而困扰不已，这类故事屡见不鲜。但其实诗的领域从川路柳虹[2]那时候开始，就

1　二叶亭四迷（1864—1909），本名为长谷川辰之助，曾抄译诸多俄国作家的作品，也深受俄国19世纪文学的影响。他的小说《浮云》描绘了人物的性格与心理，一改过去日文小说仅专注刻画浮表世态人情的故辙，被誉为现代写实小说的先驱。但其实二叶亭四迷自己对于心理描写的价值并没有十分确信，小说也以未完告终。

2　川路柳虹（1888—1959），日本口语自由诗的先驱者之一。

已经有很成熟的口语诗，早将之前的古典美学远远抛到脑后。当然在那之后也不是没有古语诗，佐藤春夫和三好达治就是相当擅长使用古语的诗人。

现代口语文产生的过程，可以参考诸多专家的见解。外文翻译对现代口语文的影响，以及现代口语文对翻译的影响则是不容忽略的事实。在口语化以前，连翻译的内容都非得用雅文的体裁写成不可，例如森鸥外译的《即兴诗人》，就是雅文翻译的名篇：

此地为我心归乡。有色彩、具形相者，唯意大利的山河而已。旧地重游之乐，君宜善体之。

——安徒生著，森鸥外译《即兴诗人》

这是十分典雅的文章。这种典雅的雅文体裁能够让读者充分感受到与日本风土、社会环境完全不同的西方异国情调。口语文当然也不只是用来翻译外国作品而已，它随着语言的发展而变化。当文章远离了实用功能、与实际的社会生活产生距离的时候，口语文自然就会在历史上应运而生。比如，当传统衣着再也跟不上现代的潮流时，尽管别扭，人们也还是得改穿西服和皮鞋，好因应社会生活的步调；同样，文章也必须因应时代和社会的急遽变迁，因为"之乎者也"的文章毕竟会变得像武士的丁髷那样，只让人感到滑稽。风俗一旦变得滑稽就完蛋了，美的事物总是从珍奇开始，以滑稽告终。也就是说，某种美学在仍然新鲜的时期，多少给人一种怪模怪样、刺眼的印象，然而当它逐渐普及之后，就成了一般的美感标准，而后会愈来愈陈旧，最后变得既老气又滑稽。

语言也是一样。口语文刚产生之时，想必也有一些格格不入的地方，但与此同时，工业革命以后发明的种种产品充斥东京街头，所以"之乎者也"这种文章的表达方式逐渐难以与像是电灯、电车，以及爱迪生发明的一切现代生活必需品相称。在巴黎，现代生活的一切设备可以矗立在十八世纪和十九世纪的古老建筑之间而不显突兀，可是在日本的生活环境里，木造建筑随时会毁坏、一直在变旧，并且随时会改建。日文似乎也像这里的建筑一样，可以随着时代重新改造。事实上，日文也的确重新改造了。日本人对于改革的安然自适，我认为和建筑物的构造以及历史遗物的无法耐久有绝大关系。石材和钢铁构造的历史遗物能够承受风霜，长时间毫发无损地坐落于原地。但是在东京，即便被战火扫成灰烬，新的木造建筑又能从战争废墟中一栋一栋盖起来，这景象使得我们对语言也产生一种无所谓、随时都能重新来过的态度。二战之后曾推行一些所谓的语言革新，包括缩减汉字和新假名等，凭一道命令便雷厉风行，充分显现日本人对改革的轻松自适。

不过，现代口语文的革新却不是这么回事，它是推动日本历史衔接西方世界史，并配合物质文明的步伐，将日文一举改头换面的变革，直到现在我们仍深蒙其惠。口语文革新的结果，当然也让我们失去不少东西，但文章时时刻刻在变化，现代口语文刚产生的时候，也还仍然依附着许多汉文的习惯用法，以及明治时代特有的说法，现在看来，当时的口语文就像是一条附着了许多贝壳的废船。语言总是不断带着时代的积垢死去、再生，循环不息。

提到口语文，就得说说对现代文章影响最巨大的外文翻译。各位想必还记得，战争结束后颁布的"麦克阿瑟草案"，对它不自然的英文直译应该还有印象——虽然用的是日文的口语文，却怪腔怪调，不堪一读，这样的"日本国宪法"相信曾让不少人感受到被占领的悲哀。如果日本被占领的事实发生在明治时代，我想同样的文章应该会用既流畅又优美的译文写成才对。

现今的人们抱持着一个幻想，以为外国文学和外国文化的一切概念都可以逐字转换成日文。像日本这样热衷翻译的国家举世少见，世界各国的文学都在我们旺盛的求知欲下翻译成日文，这一点也来自明治文化的影响，让我们获益匪浅。如同我先前提到的，日本人因为缺乏可以用来谈论抽象概念的语汇，所以在明治时代以前一律用汉语替代，后来引进西方文化和西方的抽象概念时，日本人便以独创的汉语词组合来传达这些新观念——就连我现在正在说着的"概念"这个词汇，也是从德文"Begriff"翻译过来的。在汉语独特的修饰和置换当中，译名就脱离了原本想要翻译的概念，得到自由。日本人从外文的汉语译名里得到的不是精准的概念，而是能将概念自由揉塑的日本式弹性做法，如此而已。概念的混乱便由此而生，造成日本人在思考上也有独特的观念混淆。

在这样的历史背景下，日本人以为外来的每一个语词的概念都可以借着汉语的排列组合转化成日文，这份乐观到了最后，人们甚至用日文写起了翻译式的文章。在二战结束前，说"那人的文章有种翻译的腔调"是一种中伤，可是到了战后就不是这么回事了。如今"翻译腔"的文章才是主流，正规的日文反而愈来愈少见，这是因为从前一些外国概念被翻译成日文时，还只在高级的哲学思考范畴里流通，后来渐渐普及以后，日本人的生活便再也脱离不了这些舶来概念了。

与此同时，语言也慢慢失去了原有的严谨。日本人现在不说"気持ち（kimochi，心情）"，而说"情感"；不说"我知道那个人"，而说"我认识那个人"[1]。西方的哲学

1　这里强调的是日常生活的普通语汇都被翻译名词取代的现象。"情感"（日语原文为"感情"）是心理学"emotion"的翻译，而"认识"则是哲学上的概念，由"cognition"翻译而来。

用语除了有一部分是哲学家自创的新词汇以外，几乎都来自日常生活的语言，他们把日常用语赋予学术化含义，依照特定的意义局限它的范围，使之成为哲学上的术语。可是日本恰恰相反，先是输入哲学术语，直到它的概念逐渐扩充，变得模棱两可之后，然后融入日常用语里。当时最多的就是康德所代表的德国观念论，所以在法律、军事各方面都受到德国文化影响深远的日本，你会听到人们开口闭口都是从德国观念论翻译而来的名词，同时又一边听着浪花曲[1]、唱着日本的流行歌曲。

二战结束之后，以德国为师的风气退烧，转而追求英、美的文化，再加上法国文学的翻译作品显著增加，法国的各种观念自由穿梭在人们的日常生活里，这种多国汇集造成的概念混乱，使得我们的精神生活和情感都充斥了过多的概念。小说以及其他的文类中也看得到这种混乱，这种混乱已经逐渐普遍到人们很难区别什么是翻译腔、什么才是正规日文了。举最近的例子来说，如果拿大江健三郎的作品告诉别人说，这是萨特作品的翻译，大概谁都不觉得奇怪。萨特和大江的文章在构想上自然有差别，两位作者的资质也不一样，但大江健三郎十分刻意要让自己的

1　浪花曲又称浪曲、难波曲，是日本的一种说唱艺术，表演方式为一个人说唱，并以三味线来伴奏。传统浪花曲的讲述内容不少取材于讲谈、军谈等民间故事，现代浪花曲则又增加了新的故事内容。——编者注

用词遣句接近萨特所用的词汇概念，这样的文章在战前是"翻译腔"，而如今则都已经见怪不怪了。

历史上经常被人评论为翻译腔的文章，就是横光利一早期在新感觉派时代的作品。

> 拿破仑·波拿巴的肚子，在杜乐丽宫的观景台上，仿佛决心与一旁出现的彩虹对峙般鼓胀着。那壮硕的肚皮顶上，一枚科西嘉产的玛瑙纽扣反射着巴黎歪斜的半景，又因为王妃的指纹而似有若无地黯淡下来。
>
> ——横光利一《拿破仑与汗斑》

这样的文章，即便是现今的人来看，也看得出来是明显的翻译腔吧。新感觉派时代的横光利一就是要让人感觉不习惯。新感觉派的主张是借由这种不习惯来刺激人们的感官，而感到新鲜并增加一些新的感受，因此他们的文章属于"刻意的翻译体"，和大江健三郎毫不自觉的翻译腔有所区别。现今四处横行的翻译腔文章已经不再有横光利一那种让人耳目一新的效果，并且由于翻译文章的泛滥，再怎么不可思议的日文表达如今也已经见怪不怪，最极端的例子就是石原慎太郎《龟裂》里的文体：日文彻底解体，语序、文法均四分五裂，再经由不自然又怪异的重组，形成异常的效果。不过石原慎太郎比较吃亏的一点是，从前横光利一的文章可以借由刻意的翻译体刺激读者的感受，进而有耳目一新的效果，如今这种做法已经无法起到任何作用。

在那令人陶醉的行为瞬间他所感受到的真实，结果竟只在那一瞬间稍纵即逝；他的焦躁，就和他无意识中期待在同样的行为中消融的愿望是一样的。借着这个天上掉下来的叫作凉子的女人的肉体，他不知为何突然有种感觉可以付诸实践。

——石原慎太郎《龟裂》

品味文章的习惯

歌舞伎里头，经常会有个武士悠哉悠哉地登场，把话本放在架子上说道："来读一段吧！"然后朗诵出来。

现代人大概很少用这种方式读书。从前若是把字典拿来当枕头，或是垫在屁股下面就会遭父母责骂，可是现在的父母亲已经不会为这种事发脾气了。泉镜花曾说，他从未曾糟蹋过任何有字的纸张，哪怕是一小张剪报；如今大众传媒泛滥的时代，若还要这么字字珍惜，那可会累垮自己。周刊的宿命是读完就被扔，在通勤电车驶过三四站的时间里，一页页翻完之后就被留在行李架上，这是必然的趋势。我曾在国外的候机室里，看见有人将大开本的《Life》放在座椅上，上前去提醒他别忘记带走，对方反而说，那本杂志是丢掉不要的。像《Life》这种用铜版纸印刷的精美杂志，在日本还会受到珍惜，在美国就只是一般的周刊，终究落得看完就被扔的下场。

在这样的时代，品味文章的习惯日渐淡薄也是不可避免的趋势吧！往昔人们说"欣赏小说"的时候，主要的意思乃是欣赏"文章"；现今读小说，就像开车到郊外去踏青，要紧的是目的地，而沿路的风景、路边的花草或是小河边钓鱼的小孩子等，往往无心理会，即使看见了也只是在眼前一闪即逝。

从前人们是在书中一步一个脚印地漫步。在交通不便的时代，这样的节奏可算是天经地义。走路的时候，通常都会有许多事物吸引你的视线，因为走路本身很单调，欣赏映入眼帘的每一件事物能增添走路的快乐。我要在这本书里向各位大力呼吁：请在作品里慢慢走。虽然快跑看完十本书的时间，慢行的话可能只读得了一本，但是借着慢行，你可以从一本书中获得读十本还得不到的丰富收获。在小说中驱车疾驶，不过是看到主题与情节铺陈的轨迹；若是慢慢走，你会发现那是一张语言编成的织锦，那些投射在你眼底的围篱、远山、鲜花绽放的峭壁，都不只是沿途的景色，更是以一个个词汇编织出来的美景。从前的人们十分享受这片织锦的花样，小说家则因人们欣赏其织锦的美而得到喜悦。

到了现今，人们都说他们享受的不是文章而是故事了，如今已经绝少听见人们赞美某个人的文章好，倒常听人说谁的小说有意思。然而，文章毕竟是小说唯一的实质，语言仍然是构成小说唯一的材料。我们看画时，岂能无视它的色彩？语言就是小说中的色彩；欣赏音乐时，岂能忽略它的音调？语言就是小说中的音符。容我再重复一次，有很长一段时间，庶民大众欣赏文章的习惯方式，是透过耳朵来品味的，而贵族则是以眼睛来品味文章。不管用眼睛还是耳朵，日本古典文学当中值得品味欣赏的文章多如牛毛，被冠上"美文"之称的只是一部分翘楚，它仅仅是供人欣赏之用，内容如何是其次，就像外观精致的日本料理一样。我们生活在一个营养挂帅的时代，食物是否赏心悦目已经不再重要，但持平而论，最上等的文章应该要嚼之有味而后富于营养，不是吗？文章的滋味就像由水到酒，层次不一；又如同豆皮和牛排，种类各异，究竟何者才算上乘？我不敢妄下断论，只是文章的滋味有的清楚明了，有些则需要有充分锻炼过的味觉才品尝得出来。接下来我要用许多文章做例子，一一解说其滋味何在。西方人即便精通日文也未必能理解森鸥外和志贺直哉的原因，在于他们的作品清淡如水。水的滋味得要千帆过尽才能领略，然而浓郁的葡萄酒和威士忌，例如谷崎润一郎的作品，也同样令人流连啊！

徒有空泛修饰的文章现今都不以为美，另外，像公家机关的公文，那种制式的文章也不算好文章。即便有那种不假修饰又不落制式窠臼的文章，要会品味的话，也需要读者的品位有所进步才能欣赏；可是偏偏这种文章的味道总在细微之处，这就让一般民众的喜好，与之前提到的"精读读者"的喜好愈来愈疏远。在这里就不提是谁了，但我经常在大众为之着迷，甚至痴狂的作家作品里，看到许多其实相当糟糕的文章。相比之下，在江户时代，为近松和西鹤喝彩的民众还更懂得品味。虽然从文章的平均审美标准来看的话，近松门左卫门的文章过于雕琢，现在看来已变得老气乏味，但是在这样的文章仍受到喜爱的时代，民众从品味文章当中所得到的快乐，想必是无比丰盛的。

如今我们几乎失去了欣赏文章细节的习惯。我手边有本老旧的文章辞典，出版于大正时代中期，是专为文艺青年和文学爱好者而编的辞典，里面列举了各种人物描写的范例，以及对景色的绝佳比喻，并且一一附上注解，例如"这是多妙的表现方式啊！"之类编辑的赞叹。现在看来颇令人惊讶的是，这部文章辞典中的范例——尤其推举为杰作的文章，绝大多数乃是以"比喻"为基础。

比喻和形容词曾几何时已经从作文的宝座上失势了，现今，如培植盆栽那样细细折绕、回环、巧妙地运用文字的技巧已经一文不值。这样的趋势虽然不算坏事，却也显露日本文学某种狭隘的特质。姑且不论日本文学，西方的现代文学当中，其实也不乏大量运用修辞技巧的作品，例如普鲁斯特的小说、保罗·克洛岱尔[1]的诗、让·吉罗杜[2]的剧作，以及西班牙费德里科·加西亚·洛尔卡[3]那样的诗人兼剧作家等，都是以长篇累牍的比喻见长，这也是中世[4]文学传统在现代文学中生生不息的明证。

然而，日本一方面在汉文的影响下崇尚高度压缩、高度简洁的表现方式，另一方面又有俳句去芜存菁、不带情绪的传统，这些根深蒂固的传统在现代文学当中依然普遍存在，使得许多我们号称"美文"的文章看来新潮，其实带着汉语的简洁和俳句的密度。品味文章到头来毕竟是在品味语言漫长的历史，借此我们得以在文章的一切现代样貌当中，寻找到语言深处的渊源。而品味文章的同时，我们也认识了自己的历史。

---

1 保罗·克洛岱尔（Paul Claudel，1868—1955），法国诗人、剧作家、散文家。

2 让·吉罗杜（Jean Giraudoux，1882—1944），法国作家、戏剧家。

3 费德里科·加西亚·洛尔卡（Federico García Lorca，1898—1936），西班牙诗人、剧作家，被誉为西班牙最杰出的作家之一。

4 中世，是日本进入20世纪以后，仿效西方历史学所做的年代区隔。西方史中"古代—中世—近代"的概念来自文艺复兴时期的思想，将基督教会统辖社会人心的时代定义为思想未受启蒙的"中世"。日本的历史年代基本上强调皇室的连续性，因此即便是在幕府掌握政治实权的时候也是以天皇的年号纪年。明治维新以后受到西化的影响，开始出现以首都所在地区分历史的方法，例如"奈良时代——江户时代—东京时代"，以及移植西方概念的"古代—中世—近世"。日本史上的"中世"又称"中古"，一般指的是兵家争鸣的镰仓时代和室町时代。

第三章

小说的文章

两种范本

据说要懂得吃,必须先吃过许多好菜;要会喝,得先尝过上乘的好酒;而若要培养鉴赏画作的眼光,就要去看最好的绘画,这大概是一切嗜好的准则,不管原来的感觉灵不灵光,先借由品评最上乘之物而得到磨砺之后,就能养成对劣质品的判断能力。这里,我想让各位读读两篇对比分明的文章,一篇是森鸥外《寒山拾得》的一节,另一篇是泉镜花《日本桥》的一节。

间氏唤了女孩,命她取来一钵刚打上来的水。水来,僧人将水置于胸前,目光直视间氏。水清净与否其实无关紧要,清水或茶亦无所谓。端上来的水凑巧不是脏水,这是间氏的侥幸。他被僧人凝视了一段时间后,心神不知不觉专注在僧人手里捧着的水上。

——森鸥外《寒山拾得》

"那是给客人尝的。"

"什么?"

"那个糖果。"

迟迟的春日底下,卖糖果的正打着呵欠,把一张嘴拉得老长。几个调皮的毛头小孩由七八个十一二岁的领头,在路口的糖果店前玩推挤游戏,手里还握着红的、黄的、紫的色彩鲜艳的用螺贝制成的陀螺。在这距离日本桥不过一条街的小巷子里,洒在地上的水渍只剩下如梦一般苍白的痕迹,彩色的陀螺变成了一只又一只的蜜蜂和彩蝶,仿佛纵身就能飞起,可是一放手,却成了闷声鼓噪的苍蝇,嘈杂不已。

侧耳谛听着这些声音的,是一个在阳光底下犯忧愁的花样少女。她还很年轻,正在牡丹盛开般的青春年华,却在岛田髻的几丝散发中藏着一抹暗影……衣服看样子是刚刚放宽过的。身材和体形已经丰满起来了,却还穿着黑襟的条纹单衣,身前系着的是友禅染的罩衫和同色的和服腰带,朱红色的系带使她看起来还像小女孩般纯真

44

可爱。或许是打算去去就回，一双小巧的脚只穿了厨房的拖鞋，也没撑阳伞，两手拿着以红和浅黄彩绘的画糖鸟和碎糖的纸袋要送去熟识的店家。

——泉镜花《日本桥》

《寒山拾得》的故事是说有个神秘的僧侣去拜访一位姓闾的地方官，表明要为他医治头痛宿疾，引述的部分是僧侣为了施术而向闾氏要水的桥段。《日本桥》摘录的则是故事开头的一段。

《寒山拾得》是短篇小说，《日本桥》则是长篇，除了这个显而易见的差别之外，这两篇文章也是对比分明的文章，任谁读了都能察觉它们是现代日本文学当中最具代表性的对比。首先，这两篇都是上乘的文章。森鸥外的文章建立在汉文修养的基础上，简洁、干净、不假修饰，尤其令我佩服的是"水来"一句。"水来"是中国古汉语的用法，森鸥外文章的味道就在这个地方。换作一般历史作家来写的话，闾氏命令女孩取一钵刚打上来的水，在水端上来的时候绝不会用"水来"来叙述，更别说业余作家会写得出来。能这样近乎冷酷地裁剪现实、舍弃一切不必要的枝节，不刻意经营却能呈现绝佳效果，正是森鸥外的独到之处。在森鸥外的作品里头，极尽奢华的人可以自然地将华丽的衣裳穿在身上，却让人不见奢华，仔细瞧才会发现，那些不显眼的便服若不是上等的结城绸就是久留米绊[1]，同样，若非老练的读者绝不能了解个中滋味。"水来"一句凝聚了文章的要义，各位若是在坊间的通俗文学作品里看到上述桥段，那叙述可能会变成：

> 闾氏唤女孩去取一钵刚打上来的水。不一会儿，女孩胸前的红色带子就从长廊尽头浮现，带着小女孩啪嗒啪嗒的脚步声，将盛了水的钵小心地捧着送来了。那水或许是反射了庭园的绿光，在女孩的胸前亮晶晶地摇动着。僧侣对女孩看也不看，只是用一种令人感到不祥的眼神盯着这钵水。

以上是我写来作为劣等文章的范例。这种文章把森鸥外用"水来"一句就带过的一切，拉拉杂杂地涂上了想象的情境、人物心理、作者恣意的诠释、对读者的谄媚、性的挑

---

1 "绸"和"绊"都是和服的一种分类，茨城县结城市所产的"结城绸"，以及九州地方久留米藩为名的"久留米绊"，因为质地样式素朴而古拙，在江户时代不尚华丽的风气底下，反而成为富贵之家为了显示品位而喜好的衣着。"绸"是次级蚕丝制成的和服，因为生丝纤维不如上等蚕丝绵长，布料上常见成团的絮状碎蚕丝，不像高级的蚕丝布那样滑顺有光泽；而"绊"是染布的一种图样，通常是深色底泛白色的图样。"久留米绊"原本是将穿旧的蓝染布拆散与新布混织后形成的泛白花纹，和"绸"一样，本来都不是高级品，只因为符合江户人崇简、喜拙的品位，在原来的技术上逐渐精致化，成为一种"看不见的奢华"。

拨等。时代小说作家也常有这种通病，在描写古代的情景时往往带进现代人的感觉，因为他们受不了古代的传说故事总是那么言简意赅，非得用现代的感觉厚厚粉饰一番不可，原本简单扼要的中国传奇故事，经过他们添油加醋之后就失去了原来清楚的轮廓，比方说衣着好了，描写得愈多反而离我们的感觉愈遥远，仿佛看图说故事一样。然而森鸥外不假修饰地只用"水来"一句表达，传奇故事的力道和明朗就历历在眼前了。透过古汉语直截了当的表达方式，反而令我们对这个故事所述说的世界，有了身历其境的感受。

这样的写法当然也出于森鸥外个人的气质，使得他的现代小说具有如此风味。森鸥外不能忍受任何的暧昧不明，他的精神是若不能使描写的这个装了水的钵仿佛就在眼前，且没有促使人产生伸手取来的欲望，便没有一看的必要了。他的文字只会用在这种地方，用多余的想象污染文字，只会让作品里的物象变得模糊不清而已。有人问起写文章的秘诀，据说森鸥外的回答是：一是明晰，二是明晰，三是明晰。这是作家森鸥外对文章的一种绝对态度。司汤达以《拿破仑法典》为范本，创作出难得一见的清晰文体而闻名，这种清晰明快的文章是新手最难模仿的，滋味尽在幽微之处，和枯燥乏味只有一线之隔，却又相去不止千万里。赫伯特·爱德华·里德[1]曾经针对霍桑的文章有过一段评论，我认为是对"明晰的文章"非常清楚明白的定义：

> 经常听人说，创作好文体的诀窍在于清晰的思考。没错，清楚的逻辑绝对可以避免许多坏文章经常落入的陷阱，但要兼顾散文艺术，还需要其他的特质。例如，跑得比思考还快的眼睛，或是文字特有的音调、粗细，乃至其历史的感官感受度也是必要的。另外还有一种特质，那代表着对整体情况拥有完全知觉的某种能力。综合了这些特质，便甚至能够在语言和文章之上完成一个更大更持久的整体。

赫伯特·爱德华·里德所说的"代表着对整体情况拥有完全知觉的某种能力"，正是森鸥外文体的秘密，也是司汤达文体的秘密所在。若不具备这种知觉，就算致力写出明晰的文体，也会变得索然无味、单调沉闷。明晰的文体、逻辑清楚的文体、直截了当不假修饰的文体、乍看之下和水一样无味的文体里藏有诗，就像水里看似无物，实

1　赫伯特·爱德华·里德（Herbert Edward Read, 1863—1968），英国诗人、艺术与文学评论家，1953年受封为爵士。

则在 H_2O 的化学式里蕴含了诗的终极元素。它不是肉眼可见、光彩夺目的诗，而是压缩成元素、精练到底的诗，因而诗才是这种文体的真正魅力，也正是赫伯特·爱德华·里德所说的"整体的知觉"，它和诗人常说的"来自宇宙的感觉"，或许也有共通之处。

接着再读泉镜花的《日本桥》，就会发现我对森鸥外文章感佩不已的要素，在这里一个也看不到，反而和我方才所改写的差劲文章，在各个方面多所类似。于是在这之前，我对森鸥外的赞扬到这里仿佛都成了对泉镜花文章的贬抑，但实际上并非如此。泉镜花文章的美学和森鸥外完全背道而驰，这种美学推展到极致，就远远超越了我刚才改写的差劲文章。泉镜花的世界充溢着绚烂的色彩，对感官所追随的事物很诚实地留下追溯的足迹，他并不对任何单一的事物有明确的表达，然而他的文章整体却引诱读者进入一种纯粹而持久的愉悦。被吸进这种文体之中的读者无法看清楚其中的每一件事物，乃是一次又一次地让缤纷的文字眩惑自己的眼睛，沉醉于一种理性的酩酊里。我称它为"理性的酩酊"，是因为小说毕竟是语言的艺术，无论如何都得透过语言、透过文字才能掉入它所媒介的感觉，因此终归要仰赖理性的运作，而泉镜花的文体带给我们这种理性所能获致的、最大程度的陶醉。泉镜花除了自己以为美的事物以外，其余皆视而不见，因此对他来说，事物的存在与否并不具有任何意义，就算这里存在着这一个盛着水的钵，如果泉镜花觉得它又旧又脏算不上好看，便会毫不留情地彻底忽视它的存在，只把感情和思想专注对着他认为美的事物，从不一样的路径投入先前赫伯特·爱德华·里德所说的"整体的知觉"。

如果把森鸥外的文章称为太阳神阿波罗式的文章，那么泉镜花的文章就是酒神狄俄尼索斯式的文章了。从传统文学的分类来看，泉镜花的文章不属于汉文的系统，而是日本原生的文学，是江户时代的戏文、俳谐的精神（特别是松尾芭蕉之前的谈林风俳谐[1]的精神），以及日本中世以来反复陈述的各种人生观的结合，日本文学所有的官能传统可说在泉镜花的世界里开花结果。泉镜花的文章虽是小说作品，但他追求的既非人物性格，也非事件本身，而是作者自己的一种美感告白，泉镜花的文体全系于此，除却这一点便不能成就泉镜花的世界。偏偏从另一个角度来看，它和差劲的文章也有几分相似。先前我改写以作为范例的坏文章，坏就坏在写作者并未诚实地细察自己的感觉而想讨好读者，采用半吊子的写实主义和半吊子的想象力，以与世间之普遍妥协的心态写作；如果能够像泉镜花

1　俳谐是"俳谐连歌"的略称，室町时代末期开始在庶民之间流行。俳谐将俗语放进连歌当中，并借由谐音、联想等文字游戏增添诗句的趣味性。谈林风俳谐为克服俳谐过于强调文字上的谐趣而往往流于轻薄的弊病，着重表达一般民众的思想与情感。

一样，把自己的个性挥洒到极致，相信也能够成就出一种文章的典范。

第一章曾经提到普鲁斯特的文体看起来和传统的法国文学大相径庭，后来却成了法国文学中重要并且具有代表性的文体之一，或许有一天我们也可以看到类似普鲁斯特的例子在日本发生，不过泉镜花和森鸥外的情况并不是这样，因为泉镜花的文体属于日本文学的传统之一，而森鸥外则承袭了另一个传统——汉文的传统而来。我之所以在开头分别引用了两段他们的文章，就是为了要点出之前提到的男性文字与女性文字的传统、逻辑的世界和述情的世界各自对立的情况，在现代文学的森鸥外和泉镜花作品当中依然历历可见。其他作家的文体就像星座一样居处于这两个极端之间，这当中有各式各样的折中，也出现各自的变种。

还有一个问题是，森鸥外的文章是短篇，而泉镜花的是长篇小说。森鸥外毕生没写过真正的大长篇，不免令人猜想：像他那样绝顶理智又头脑明晰的人，是否很难写得出真正的巨著。一如保罗·瓦莱里[1]没有一连几册的巨作，森鸥外也没有。如果他脑海中的世界已经压缩成无比明确又单纯的形态，那么再虚填几张稿纸也无益，只是在

1　保罗·瓦莱里（Paul Valéry, 1871—1945），法国诗人、评论家。

浪费文字而已。虽然还称不上是禅宗的"不立文字"，森鸥外极度节约的文体就像中国古人所说的"惜字如金"，实在不适合写洋洋洒洒的长篇。《涩江抽斋》算是森鸥外篇幅最长的作品之一，已经是这种简洁文体所能拓展到的极限。因为极度精练，人生的波澜也高度浓缩在其中，使得作品就像纯度太高的精华液般，一般读者尝起来只觉得苦；可是若将《涩江抽斋》的短短一行放进水里，醇厚的精华马上就扩散开来，成为容易入口的饮品，任谁都觉得好喝。只不过，这样稀释过的森鸥外就不再是森鸥外了。森鸥外的文章是在极度简洁的基础上创作出来的短篇小说，也是专为小品而写的文体。志贺直哉的文体与此也相当类似，他真正的长篇小说只有《暗夜行路》一部，且是经年累月推敲又推敲之后才写出来的[1]。

相较之下，泉镜花的文体就太适合写长篇小说了。它像一道流水，水上仿佛撒着花瓣，有各种鲜艳的色彩，一路华丽前行。其中，作者也和读者一样随着自己文章的水流漂流，看来还带着一点微醺的陶醉。泉镜花的故事没有核心的思想主题，也没有理智的牵绊，因此得以推展出森罗万象而绵延不断的物语世界。谷崎润一郎的文体在某个

1　《暗夜行路》的初稿于1914年写成，1921年才得到刊载的机会，在1921年1月到8月的《改造》杂志上连载了前篇的内容。后篇自1922年起断断续续在该杂志上刊载，直到1937年4月才完结，从第一次刊载的时间算起的话，共耗时17年。

意义上也是如此，和泉镜花相较之下，他的作品更写实。他在文学传统上受平安时代文学的影响絮絮叨叨地述情，同时又善于在作品中重现庞大的现实世界，最好的例子就是他的巨著《细雪》。

短篇小说的文章

日本的短篇小说在世界上也算是独树一格。虽然当中也吸收了爱伦·坡的知性短篇和莫泊桑那种写实主义的传统，但就像我在第二章提到的，日本文学散/韵文不分的特质，使得日本现代短篇小说在形成时出现了显著的特征：欧洲的现代诗人以诗来表达的内容，日本的现代作家则是用短篇小说来传达。因此日本短篇小说中的极品，相当近似于欧洲的散文诗，有些像欧洲的"小品（conte）"，不在乎故事性，只是单纯描写作家以诗人之眼见到的心象风景；或是像梶井基次郎的著名短篇《柠檬》那样，把一颗柠檬写得历历如在读者眼前，只为留下鲜明的印象。

西方对短篇小说的分类有"novelette"——这是相对于长篇小说"roman"或是"novel"来说的；有"short story"，也有来自法文的"conte"。英文的"short story"在概念上涵盖的范围甚广，不分性质，从高度文学性的短篇，到逗趣的通俗故事都可以归在此类；法文的"conte"亦然，举凡维利耶·德利尔·亚当[1]的哲思短篇（如《冷酷的故事》）、福楼拜《三个短篇》那样纯艺术般的作品，或者莫泊桑的许多故事，只要是首尾连贯、有简单的情节，并在篇末完整结束的短篇都属于这种文学类型。相较之下，"novelette"的篇幅稍长，算是具备长篇结构的短篇。

日本人在报纸杂志的影响下，倾向于把短篇小说视为一种具有独特艺术性质的文学形式。日本人是可以在短小的句子上投注高度艺术质感的民族，短歌和俳句就是其中之最；到了近代，日本人更发现短篇小说这个绝佳的形式，在其中投注了高度的艺术理念，使得日本的短篇小说达到了与西欧的诗作几乎同等的地位。在日本这种缺乏韵律的国度，有诗才的作家无法从以口语文写作的现代诗中得到满足，于是转行成小说家，在短篇小说里孕育诗的结晶，这类例子比比皆是。所以说，在日本人称为作家、小说家的人里头，多的是纯粹的诗人，被译介到国外时，称之为"poet"（诗人）往往比称"novelist"（小说家）还要贴切。川端康成、堀辰雄、梶井基次郎堪称其中的代表。

在川端的作品当中，《反桥》《时雨》《住吉》三篇小说就是纯粹的诗，在中世风的诗情当中编织似有若无的故

1　维利耶·德利尔·亚当（Villiers de L'Isle-Adam, 1838—1889），法国诗人、小说家和剧作家。

事。阅读这些作品时，让人感觉不是在读小说，倒像在读诗。

> 入秋之后，有时早上的天色就如日暮般阴沉，到了夜里便下起秋季常有的时雨，昨日便是如此。明明知道东京这一带还不会下起树叶都打落的阵雨，我却无论如何听到了雨声中夹杂着树叶掉落的声响。时雨总令我想起日本古典的哀愁，因此我拿起时雨诗人宗祇的连歌想借此忘掉耳边的声响，读着读着竟然还是听见了雨打叶落的声音。现在离叶落的时节尚早，我的书斋屋顶上也没有会掉叶子的树，这么一想，那落叶的声音莫非是幻觉？这念头令我难受，再仔细倾听，便再也听不见落叶的声音了。可是当我回到书前读着，落叶的声音再度清晰起来，我不禁打了寒战，因为这落叶的幻音仿佛自我遥远的过往回荡而来。
>
> ——川端康成《时雨》

在不经意的咏叹当中，川端的文章不像森鸥外那样极度精确地明指事物，也不像泉镜花那样用各种修辞来装点作者主观的感觉，只是淡淡地陈述他的情思，但在深处却隐藏着深沉的抒情式悲伤，还有阴森的鬼影。川端的这种文体形成于《雪国》之后，自此他的文章愈写愈不像小说，却是一部好过一部，真是不可思议的现象。

再看看梶井基次郎的短篇《苍穹》里的一段：

> 三月半时候，我常看见满山覆盖的杉林里冒出火灾般的烟，那是杉林在日照充足、温度与湿度都刚好并且起风的日子里，一齐送出的花粉烟幕。可是现在，已完成受精的杉林罩上了一层褐色，而早前发嫩芽时出现瓦斯般烟雾的榉和栎，也都有了初夏时节的浓绿。新壮嫩叶带着各自的绿荫形成一片瓦斯般梦境的盛景已经不再，只有溪间郁郁苍苍的栲树林在不知第几度的发芽时节里撒上了一层黄粉。
>
> ——梶井基次郎《苍穹》

梶井基次郎虽受志贺直哉的影响，却也积极地抛弃志贺那种对现实的关注，强烈突显他诗人的一面，将每一部作品提升到象征诗的高度。在这里引用的段落，乍看之下是现实的素描，实则是作者敏锐神经所感受到的心象风景，作者在诚实而细腻的观照下，同时让自然的事物超越主观，带着象征的色彩呈现出来。《苍穹》这个短篇有点德国浪漫派作家让·保罗[1]的味道，它写的是"我"在广大的自然风景中，看着云持续在变化，渐渐地感觉到那片云所融入的蓝天仿佛深渊似的，然后竟觉得蓝天本身就像深渊一样幽暗了。这个短篇描写的虽然只是一次奇异的体验，从中却透露出超越风景描绘之外的一种精神上的深渊。这不是题材使然，而是梶井的文体所形成的效果，他为日本文学创造了一种综合了感性与知性、难得一见的诗人式文体。

> 她的脸庞有古典式的美，那蔷薇般的皮肤饱满欲滴；笑的时候，笑容也只是轻轻淡淡地挂在脸上。他总是在私底下偷偷地称她是"鲁本斯的伪画"。
>
> 当他目眩神驰地看着她时，他感觉到前所未有的新鲜，那是他未曾有过的感受。于是，他专注地看着她的牙齿，专注地看着她的腰。他专注地看着的时候，只字不提生病的事。
>
> ——堀辰雄《鲁本斯的伪画》

堀辰雄的文章仿佛篇篇都盖上了"堀辰雄制"的戳记

1　让·保罗（Jean Paul，1763—1825），德国浪漫文学先驱。

般，带着谁都能够轻易辨识的特征。一个作家的文体一旦具有如此明显的特征，作品世界就很容易有过分狭隘的危险，可是堀辰雄堂而皇之地贯彻他的特征，在长期的卧病疗养中仍然固守住自己的艺术世界。他通晓法国文学，在新精神派（Esprit Nouveau）作家的影响下踏上文学之路。他的文章乍看之下虽与日本文学的传统相去甚远，但他的文体和泉镜花相似的程度，还远高过他后来倾心的平安时代女流日记的文体。从这里引用的文章就很容易看得出来，堀辰雄只汲取自己喜爱之物，集中笔力描写自己觉得美的事物，用自己喜欢的词汇编织成一个漂亮的花篮。他虽然也写过《菜穗子》这样的长篇作品，但本质上仍是一个短篇作家。他的文章是伪装成明晰的感觉之诗，表面上像法国文学那样清楚明白，却没有森鸥外那般强劲的力道能让物体清清楚楚地显现自身的样貌。

我差点忘了一位非提不可的人物——芥川龙之介。他向来被称为日本现代文学里最典型的短篇小说家，不过我倒认为，与其只因他的文章长短而称他为短篇作家，不如说他是短篇小说其中一种形式的完成者。他把西欧"小品"的概念移植到日本来，并获得百分之百的成功，他的文章是在这种形式的带领下显得简洁，但这份简洁并非发自内心的要求，而是出于他对于这个文类的洁癖性格，因此带着一股学究味。他的文体不是出于本然，有一种刻意

为之的情调。芥川几乎没有什么个性独具的文体，他憧憬
森鸥外文体的同时又逃不开现代都会人细腻的品位，这反
而造就芥川文章清新脱俗的趣味，读读以下《将军》里的
一小段就能够体会：

有一小段时间，父子之间维持着尴尬的沉默。

"是时代不一样的关系吧！"

少将终于开了口。

"嗯，大概吧……"

青年这么应着，他的眼神突然像是在倾听着
窗外的动静。

"下雨了呢，父亲。"

"下雨？"

少将把腿伸直了，貌似高兴地把话头一转：

"可别再把榅桲打下枝子才好……"

——芥川龙之介《将军》

以下再分别从东西方各选一篇可以作为短篇小说典
范的作品，希望读者可以从中细细品味短篇小说是什么
模样。

夏天的鞋

川端康成

马车上的五名老太婆虽然不时地打盹儿，却还是议论着今冬橘子丰收的景象。马儿像是在追赶海鸥，摇摆着尾巴在奔驰着。

马车夫勘三很爱马儿，而且在这公路上拥有可八人乘坐马车的，就仅有勘三一人。他总是把自己的马车揩拭得比行驶在这公路上的所有马车都干净，甚至到了神经质的地步。车子快要爬坡，为了减轻马儿的负担，他从驾驶台上机敏地跳了下来。跳下来，又机敏地跳上去，动作是多么轻巧自如。他沾沾自喜。就算坐在驾驶台上，凭着马车的摇晃劲儿，他也能感觉到有孩子在车尾上扒车。他敏捷而轻巧地跳下车来，劈头盖脑殴打那些扒车的孩子。所以，公路上的孩子最注意勘三的马车，也最害怕勘三。

可是，今天他怎么也逮不着孩子，无法逮着像猴子般扒在车尾上的现行犯。要是平时，他机敏得像一只猫，轻巧地跳下车，绕过马车，冷不防给扒车的孩子的脑袋飞去一拳，然后得意扬扬地说：

"笨蛋！"

他又一次从驾驶台上跳了下来，这是第三次了。一名十二岁的少女绯红着脸颊，三步并作两步地疾跑过来，双肩颤动，气喘吁吁，两只眼睛闪闪发光。她穿一身粉红色的洋装，袜子滑落在脚跟，没有穿鞋。勘三直勾勾地盯视着少女。她却把视线移向大海，拼命地追赶着马车。

"啧！"

勘三咋了咋舌头，回到了驾驶台上，心想说不定这鲜见的高贵而美丽的少女是要到海滨别墅去呢，而对她有点手下留情了。可他一连三次跳下车都没有逮着她，着实恼火。这少女已经扒在车尾走了一里多地了，实在可恨。勘三扬鞭抽打心爱的马儿，加快了速度。

马车进了一个小村庄。勘三使劲吹响了喇叭，马车愈跑愈快。回过头来，只见少女挺起胸脯，秀发披散在肩上奔跑着，手里还拎着一双袜子。

一忽儿，少女又像是被马车吸引住了。勘三回首透过驾驶台后的玻璃一看，发现少女很快蜷起身子，但勘三第四次跳下车的时候，少女已经离开马车，迈步走了。

"喂，上哪儿？"

少女低头不语。

"打算扒车到海港去吗？"

少女还是一声不言。

"是去海港吗？"

少女点了点头。

"瞧瞧你的脚，脚呀！都淌血了！真是个倔强的小妞。嘿，你呀。"

连勘三也皱起了眉头。

"就载你一程吧。坐在车子上，扒在那儿，会加重马儿负担，算我拜托你坐进车子里吧，我也不想被人当笨蛋耍。"

勘三说着，把车厢的门打开了。

过了一会儿，勘三从驾驶台回过头来，只见少女也不去拉一拉她那被车门夹住的洋装下摆，她方才那股倔强顿时消了，静静地、羞愧地低下了头。

走过相距此地一里远的海港之后，在回程的路上，这少女不知从哪儿又追赶起马车来了。这回勘三诚挚地给她打开了车厢的门。

"叔叔，我不愿意坐在车里，我不想坐在车里呀。"

"瞧你脚上的血，血呀！袜子都染红了，不是吗？可不得了啊，小妞。"

缓缓爬行了二里坡道的马车，快到原先的村庄了。

"叔叔，让我在这儿下车吧。"

勘三偶然向路旁一瞧，看见一双小白鞋在枯草上白花花地绽开了。

"冬天也穿白鞋吗？"

"哪儿的话，我夏天就到这儿来了。"

少女穿上鞋，就像一只头也不回的白鹭似的，飞快跑回到小山上的感化院去。[1]

特雷德的珍珠

普罗斯珀·梅里美 [2]

是谁说破云东升的太阳比西沉的夕阳美好？是谁曾经问我，树林中最美的是橄榄还是杏桃？是谁曾经问我，瓦伦西亚人和安塔露西亚人谁比较强？又是谁问我，女人当中谁最美丽？让我告诉你，最美丽的女人是谁，她是瓦尔格斯的欧罗蕾——特雷德的珍珠。

黑人曲札尼说举起你的矛！拿起你的盾！他

1 叶渭渠译：《掌中小说》，木马文化，2002 年。

2 普罗斯珀·梅里美（Prosper Mérimée, 1803—1870），法国现实主义作家、中短篇小说大师、剧作家、历史学家。

的矛握在右手，盾牌挂在脖子上。他来到马厩，将四十头牝马一匹一匹仔仔细细地看过，然后说了：

"柏加最是骁勇，我要让它载着特雷德的珍珠回来。若不成功，阿拉见证，我将永远离开科尔多巴！"

曲札尼策马出城，来到了特雷德。他在札卡丹附近遇到了一位老人。

"白胡子的老人啊！请将这封信送给鸠提埃尔大人，记得，是萨尔达尼亚的鸠提埃尔大人。他若是个男子汉，就会到亚尔玛米的泉水边和我决斗。特雷德的珍珠不是他的就是我的。"

老人收下了信。他收下信之后就去找萨尔达尼亚伯爵，那时伯爵正和特雷德的珍珠下着棋。他看了信，是曲札尼下的战帖。伯爵大力拍了桌子，棋盘上的棋子因此都倒了下来。接着他站起来，叫人备来了矛枪和骏马；这时珍珠也站了起来，全身发抖，因为她意识到他是要决斗去了。

"鸠提埃尔，萨尔达尼亚的鸠提埃尔大人，请留在此地，我恳求您，请您和我再下盘棋吧！"

"我不能再继续棋局了。矛枪的锋芒毕露，它准备好了在亚尔玛米的泉水边大干一场。"

欧罗蕾的眼泪终究没能留住他，没有任何事物能够留住正要前去决斗的骑士，于是特雷德的珍珠罩上斗篷、骑上了一匹骡子，她也朝着亚尔玛米的泉水边去。

泉水周围的草地已经染成了红色，泉水也染上了鲜红。可是浸红了草地、染红了泉水的并不是基督教徒的血，躺在地上的是黑人曲札尼，鸠提埃尔大人的矛断在他的胸口，他全身的血液就这么一点点、一点点地流到地上。牝马柏加流泪望着他，它对主人的伤势无力可施。

珍珠下了骡子，对他说：

"骑士啊！请安息，你将在永远的生命里迎娶美丽的摩尔女人。让我的手，来抚平我的骑士在你身上造成的伤口。"

"哦！白皙的、洁白的珍珠。哦！如此美丽的珍珠！请将矛锋从我的胸口拔出来吧！锋尖的冰冷撕裂我的胸膛、冰冻我、令我颤抖。"

她走近曲札尼，完全不疑有他。曲札尼积蓄了些力量便拿起刀来，刺伤了她万分美丽的脸庞。

长篇小说的文章

　　日本很难产生像欧洲文学那样壮大的长篇小说（Roman）。就如同我在上一章里提过的，日本文学里男性文字和女性文字各擅其场，可是真正的长篇小说必须同时具备男性的理智世界和女性的情思世界，两者要达成辩证上的合命题。从我在本章开头引述的几段文章可以看得出来，日本的作家多多少少有偏重某一边的倾向，所以至今尚未出现什么作家能够催生出真正的长篇小说。说实在的，日本还未曾有过任何西方定义上的"长篇小说"。

　　不过，文学倒也无须拘泥于什么分类。撇开西方的定义不看，《源氏物语》未尝不是一部伟大的长篇小说，从篇幅长度来看的话，报纸上连载的小说更是一部厚过一部，在周刊上连载一年，几乎就可以达到相当惊人的小说字数了。

　　长篇的文章不是愈厚重丰富愈好，它的气息长短、情感和思想都必须有源源流入读者胸中的持续力。太过敏锐的感受、过于凝练得像诗、加强的效果接二连三、对自然美轮美奂的描写、太过讲究细节的文体，都不适合长篇小说，而气质秉性属于这类文体的作家，若要写长篇小说也是自讨苦吃。在这里很难引用长篇小说的文章做范例，长篇小说的文章特性没办法在区区几行文字当中看得出来，必须是在读了一百页、两百页之后才慢慢有所体会，是以我在此就不引用了，希望各位能够实际找部长篇小说读读看。

西方作家里头，长篇小说文体最具特色的，我认为是巴尔扎克、歌德和陀思妥耶夫斯基。他们都是天生的长篇小说作家，虽然同样写长篇小说，普鲁斯特的文体却密切反映着作者自身的气质，与其称他是长篇小说作家，不如说他是一个将其性格与命运灌注到作品里的奇葩，根本超越了长篇或短篇这种单纯的分类。此外，司汤达也可算是奇葩，他干净简洁的文体带着强大的驱动力，推展出了不起的长篇世界。不过我所认为典型的长篇文章，不是司汤达这种才气天成、一鸣惊人的特例，而是文体本身既符合作家气质又适于长篇小说发展的例子。就这点来看，刚才提出的三位作家——巴尔扎克、歌德和陀思妥耶夫斯基——真可说生来就是写长篇小说的料子。读过《亲和力》的读者就知道，表面上歌德的文体淡而无味，却往往出现极大的转折，有条有理地铺陈出他的思想。读者刚进入他的小说世界时会觉得无聊，渐渐地眼界被开启之后，就能看见远方的森林和村落、洒满阳光的湖面和牧场，在歌德流畅的笔下浮现出辽阔的作品世界。他绝不会像短篇作家那样为路边的野花和昆虫的姿态——驻足，只是专心致志地前进，带领读者来到位于终点、景观开阔的观景台。

理想的长篇小说文体就是不拘泥于故事本身，不受牵绊而悠然成大器的。日本的作家很少具备这样的文体，因此在这里只能举国外的作家为例。巴尔扎克的小说结构本身是长篇式的，就连他写的短篇小说也带着戏剧性的长篇式结构，比方说《朗热公爵夫人》的开头是漫长的修道院描写，接着绕了个大大的弯去写圣日耳曼街的贵族社会，就是迟迟不代进故事主轴，可是读者一旦跟上了巴尔扎克文体的脉动，就可以感觉到像贝多芬音乐般丰沛而汹涌的能量正带着自己往前推进，这就是我说的不拘泥故事本身的精神，这个世界上大概再也找不到第二个像巴尔扎克那样的作家了。他完全不在意小说当下的内容和细节，也完全不按步就班地照着计划好的故事大纲走，让小说就像人生一样走一步算一步。而读过陀思妥耶夫斯基《卡拉马佐夫兄弟》的读者大概就能体会，陀思妥耶夫斯基那种俄国人典型的富于朝气——在某层意义上是鲁钝——的文体，是多么不协调地在支撑着表面看来相当敏锐而神经质的主题。对日本人来说，最难养成的就是这种肉体上能量的持续，以及某种大而化之的鲁钝了。

在日常生活中，我们经常遇上在史诗中惯称为诗人艺术技巧的东西。当主角远离、藏匿、不再行动时，便立刻有第二位、第三位，或迄今不受注意的人来填补位置，尽其才全力施展，同样值得我们注意、同情，甚至称赞和褒扬。

就在上尉和爱德华离去后，那位建筑师显得一天比一天重要。工程安排和执行全靠他一人，他表现得十分谨慎、专业和勤奋，又随侍在两位女士身旁，娱乐她们平静漫长的时光。他仪表堂堂，给人信赖又惹人喜爱，并且是位十足的好青年。他的体格健壮修长，却有点高，谦恭而不易怒，可靠却不缠人。他欣然承担所有操劳与努力，擅长精打细算，不久便对整个家务了如指掌，带来的良好影响普及各角落。通常都是由他接待来客，他知道应否拒绝不速之客，或至少该让两位女士有所准备，以免引发她们不适。在诸多客人中，有天一位年轻的律师为他带来不少麻烦。这位律师被邻近的一位贵族派来磋商，事情虽然并不特别重要，却打动了夏洛蒂的心。我们必须提起这件意外，因为它引发许多大小事情，否则也许长久都无人过问。

我们还记得夏洛蒂变动教堂墓地，所有石碑都被从原处挪开，依次放至墙边和教堂广场的基座旁。现在腾出的地方被铲平，除了一条通往教堂和经过教堂通往另一侧小门的宽敞道路外，其余空地上种植了各种苜蓿，生长得一片翠绿，繁花似锦。新墓坑应依照秩序从教堂墓地尾端排起，而在棺材入土后，墓坑仍需填平并且同样种上苜蓿。没有人可以否认，这安排使人们在星期天或节日前往教堂的路上可以看见愉快而庄重的景色。墨守成规的老教士起初对此不以为然，当他在古老菩提树下像菲莱蒙与他的鲍茜丝坐在后门休息时，映现在眼前的不再是起伏不平的墓地，而是一片绚丽的彩色地毯，他开始感到欣悦。况且这也利于他的家计，因为夏洛蒂将这块地的收益都给了他。

尽管如此，教区里某些人仍对此举感到不满，因为标示他们先人安息之地的碑石被挪动，怀念之情仿佛也随之烟消云散，因为保存良好的碑石虽然清楚标示了埋葬者之名，却没有标明他葬在何地，许多人强调，标明埋葬处才最为重要。

邻户人家便持有这种看法。这户人家在多年前为自己以及其亲属捐赠一笔小额款项给教堂，从而在这片公共墓地上获得一块空间。这位年轻律师正是这户人家派来取消捐款的，并声明以后不再继续付款，因为对方单方面违反了迄今履行捐款的条件，各种抗议和反对都遭置之不理。夏洛蒂乃是此事的主使人，想要亲自和这位年轻人谈话。年轻人的来意虽强烈，但在陈述他与事主的理由时却不莽撞，有些地方确实值得考虑。

　　　　　　　　——歌德《亲和力》第二部第一章[1]

1　高中甫译：《亲和力》，商周出版社，2005年。

第四章

戏剧的文章

在谈戏剧的文章前，得先谈谈小说里的对话和剧本有什么不同。有些小说内含许多对话，例如谷崎润一郎的《细雪》在美国翻译成英文之后，便被冠上了"对话小说"（Conversation Novel）的称号。其实还有许多作品的形态介于戏剧和小说之间，例如歌德的《浮士德》，里面天马行空的对话以及第二部难以实际演出的问题，都不太像戏剧该有的样子。再如许多不是戏剧却用对话体写成的作品，例如阿蒂尔·德戈比诺[1]的《文艺复兴》，还有法国十八世纪的对话体小说，都是介于戏剧和小说之间的中间形态。

没有对话的小说常让我们觉得无聊，叙述太长就显得僵硬、沉闷。一般读者会想看到对话，并非喜欢对话的缘

1　阿蒂尔·德戈比诺（Arthur de Gobineau，1816—1882），法国作家。

故，因为若是遇上对话连篇的剧本，也会因为难读而放弃。究竟为什么会有这样的矛盾？我记得一位美国作家曾经引述某位评论者的话，评论者的名字记不得了，他是这么谈论小说里的对话："小说里的对话必须像大浪崩碎成白色水花时的泡沫，叙述的部分就像浪头，浪从海上打过来，在岸边崩解；浪推升到最高，就要一举溃散之际，就是该插入对话的时机。"

我认为这个比喻极美，小说中的对话理应如此，而像这样插入文中的对话也确实优美至极。

但小说的写法毕竟不能定于一尊，每个国家各有自己的传统，例如德国小说，就有将无止境高谈阔论化作对话的倾向，过去的故事也多用对话来呈现，这给了德国小说独特的风貌。俄国小说多像陀思妥耶夫斯基的《卡拉马佐夫兄弟》用漫长的对话进行艰深的神学议论，有效烘托出小说的主题。实际上，陀思妥耶夫斯基小说里的对话都不是单纯的对话，本身就具有戏剧效果，过去在巴黎还曾经有剧团节录《卡拉马佐夫兄弟》的对话，不做任何增删就搬上了舞台，也得到很好的回响。陀思妥耶夫斯基的对话和一般小说的不同，它具备辩证法的结构，因此在戏剧性的紧张和对立之下，为小说带来激昂高调的戏剧效果。从这个意义上来看，《卡拉马佐夫兄弟》既是小说，也是一部相当戏剧化的作品。后半部的法庭场面有冗长的庭上辩论，日本的读者对于这种小说"对话"，恐怕是非常不习惯的。

日本的小说并不存在这种对话的传统，对话多半相当平实，避免直逼小说核心或是过于戏剧性。日本小说插入对话的目的，仿佛是缓和长段叙述的辛劳而佐以一两滴对话的甜味，报纸上的连载小说堪称其中典型。报纸的读者不耐于过长的文章叙述和描写，因此连载小说里不时会插入"哦！是吗?""嗯，如您所言。"这类无意义的对话，诱发读者的真实感，因为叙述部分的描写必须透过知性理解才能产生真实感，然而生活中耳熟能详的日常对话，却能直接把小说世界拉近到身旁。就日本小说而言，对话在文学里并不占重要的地位，然而擅长写对话的作家是有的，例如里见弴的短篇小说《山茶花》，几乎全以对话构成；又如久保田万太郎的小说，不但有许多对话，而且更富于写实效果，这些栩栩如生的对话进一步加强了小说的写实密度。

突然，那位客人开口了。

——呃……

我急忙转身面向他。不消说，酒瓶和卤菜早就已经送到客人面前。

——在这张纸上题诗的作者，这个叫花杖的是什么人?

客人端着酒杯问我。

——哦，那是……

我顿时慌张起来。

——"什么是假的　什么是真的　冰冷"没听过这种说法啊。

——让您见笑了。

——不，这是好诗，很好的诗啊！哪位客人写的吗？常到这里来吗？

——不是客人，这是朋友写的。

我无论如何没有勇气承认是自己的诗。

——您的朋友？

——是的。

——这个人还写了什么诗吗？除了这个以外。

——还有"寒冷　一如屋顶下的杉皮"，在我开这家馆子时送给我的。

——嗯，这句也不错，写得很好。他住这附近吗？

——他是桥场某个庙里的和尚。

——这附近有很多像他这样写诗的人吗？

——桥场、今户、玉姬町……光那一带就有五六人。

——这些人可有什么组织？比如诗社这一

类的？

——有一个叫"柴社"的组织。

——"柴社"？

——"乡野亦烧柴　桥场今户有早烟"。

——原来如此，是"梅之春"吧！

客人笑着说。

——这么说，店名的"柴"该不会就是从这里来的？

——是的。从诗社借光取的。

——店主您也是诗社同好吧？

——不，不，我不行，只是偶尔被邀了去凑个人数。

——不是吧！从您谈吐也听得出来啊。

一瓶酒过，客人已然烂醉，话头也松了……

　　　　　　　　　——久保田万太郎《背影》

现代作家当中，舟桥圣一在传统的写实对话方面也展现了高超的技巧，他的对话富于色彩，把女人的眼角流波、一颦一笑都写得如在眼前。现今的作家已经把这种小说技巧不太当回事了，然而我们不能否认，舟桥作品的绝大魅力，正是来自这些活灵活现的对话。

胁子又沉默了。然后，她冷静地说：

"我明白了，那就依您说的吧！我同意。但您真的一点眷恋都没有吗？"

"我当然十分不舍，可该断的还是得断啊！"

"您真狡猾！"

胁子说着便走向他。当她的嘴唇凑近时，鱼岛像是饿狼吞下想望已久的大餐似的，抱着她的脖颈吸吮起来。

"不行吗？"

"……"

鱼岛喘着大气，脸已经红透。

"你这么主动，我只能像个小孩似的被带着走啊！"

"我从来没想到自己竟然会这么喜欢您。从早到晚，我想您想得发慌呢！我曾经以为自己只要顺着男人就好了，女人就是这样，人说男人的欲望比女人要强十倍，可女人其实也不遑多让。"

"我完全败给你了。"

"那是一定的，您虽然胆小，却是真情真性啊！对我来说，您是我思慕的对象，就算我有丈夫，您有太太和游美子小姐，都无法阻拦我们！"

啪嗒啪嗒地，雨下了起来。这点微不足道的

雨声便成了两人紧紧相拥的借口。

——舟桥圣一《花菜》

这里再谈谈小说里的对话和剧本有何不同。首先，擅长写小说对话的名家，未必就是写剧本的名家。即便小说的对话和剧本一样不外乎"是的""不"，或者"哎呀！怎么这样说！""少来，别当我傻！""天气真好哇！"这类的只字片语，却带着截然不同的意义。因为在小说里，作家必须在对话出现之前，预先铺陈产生这些对话必然的心理和情境描绘，如果不是这样，也要在对话结束之后紧接着说明它的心理和情境，读者才能不被对话牵制，安心地往下读。小说必须让人信服，如果小说里简单的一句"是"或者"不"带着重要的戏剧效果，那也是先经过充分的说明后才说出口，这么一来，有没有这句"是"或"不"其实是无所谓的。

另外，剧本对于对话出现的前因后果几乎不做任何说明，读者必须一一借着想象来填补前后的空白。现在，剧本类书籍仍是最难卖的图书之一，但其实多读几部剧本之后，就会发现它的趣味性更胜于小说，我在这里说这么多，无非也是希望读者诸君能多读几部剧本。

假设这里有个乡村，附近某座小山的农舍里住着一家三口。女主人已经不在了，只有父亲和两个女儿，不过这对姊妹不是同一个母亲生的。

这样的情节设定底下，如果是小说，又比如像森鸥外那一派的小说，就会在开头直截了当把情节说明清楚：

这一家位在某县的某村，从火车站徒步过去的话要走上两里路。爬上一个又一个的斜坡之后，会看到杳无人烟的树林当中矗立着一座陈旧的农舍，它孤零零的样子使人感到无比寂寥。这个在当地被称作山茶屋的房子周围种满了山茶树，茶花成了装点它唯一的色彩，阴暗的屋内安静得听不见半点笑语。这一家的两个女儿正值花样年华，却一点都看不出来年轻的光彩；她们都穿着朴素，神色阴暗又沉默寡言，成天似乎只是在互相瞪着。这个家里的女主人已经不在了，只有父亲，而她们俩则是同父异母的姊妹。

写到这里，小说的基本设定都交代清楚了，就可以开始说故事。但如果是戏剧呢？在戏剧里头就会用对话来交代所有的情节设定，让读者了解故事的脉络。舞台装置当然也会是一种辅助，然而舞台装置无法道出从车站到这个农舍的路途有多遥远；演员的服装也能透露一二，可是服装虽能显示富贵和贫穷，却不能道尽复杂的人际关系。因此，这部戏的对话有可能是这么开始的：

> 姊姊　现在几点了？
>
> 妹妹　我不知道。
>
> 姊姊　不管问你什么，总是一问三不知啊。
>
> 妹妹　姊姊你也好不到哪里去。
>
> （沉默半晌）

像这样，先以迂回的方式暗示了姊妹两人不和。接着再从两人窃窃私语谈论父亲的对话中，提到彼此对母亲的回忆，由此暗示两姊妹不是同一个母亲所生。然后就可以聊到父亲这天去县府回来，从车站出发要走几分钟到家，搭上的是几点的火车，大约再一个钟头就到得了家云云，这是为了借这段对话来说明车站到山茶屋的距离，又说明了此地偏远，没有巴士可以代步，只能走路回家。这个家庭的经济状况、这家人在村落中的地位等，都要透过这样的对话一一道来。所以我认为看戏迟到的观众一定会看得一头雾水，因为开场之后的前十分钟到二十分钟里的对话是交代全剧剧情最重要的部分。开场的对话平凡无奇，但其实已经在不着痕迹地交代全剧的剧情，它才是观众真正该竖直耳朵、仔细聆听之处。

另外，剧本的对话除了要说明过去以外，还得一边进行当下正在发生的事，因此轻描淡写的对话里，也包含着过去与现在两层的意义。台词如果仅仅针对过往做说明，就会中断戏剧的进行，因此必须在交代过去的同时，一边推动剧情往前发展；至于怎么让说明听起来很自然，不像在说明，那就是剧作家的功力所在了。举个例子来说，比如，"喂！你这基层员工也敢对社长我这样说话啊！"这种话就常在生涩的戏剧对白里出现，如此多费唇舌说明就不算是好的剧本文章。实际生活里，我知道你是社长、你知道我是员工，哪里需要额外去强调什么"社长我""基层员工你"，这种做戏般的腔调反而与现实脱节。与其如此，不如借机直称某一方为"社长"，就可以不着痕迹地对观众说明这个人的身份。读剧本类书籍的一大乐趣就在看穿剧作家安排对白的手法。

另外一个问题是剧本的文体。剧本是否存在着本书所讨论的"文章"或是"文体"？一般大概很难想象，以对白串联成篇的剧本也可算是一种文章吗？毫无疑问就是。在古代，净琉璃的脚本不论对话或旁白都是以七五调写成，戏曲"文章"的好坏相当受到重视。到了河竹默阿弥的时代，比如在描写直侍的荞麦店的场景里头，直次郎基本上就是用七五调在陈述以下的台词：

　　直次　今早风向南吹，西边已经积了雪。今

年比往年冷得厉害，雪竟然积得这么厚了，夜里还得走几个时辰咧！一路上见不到个人影，我倒省心。（来到舞台前，见着商家的灯笼）此地也无旧识，吃碗荞麦再赶路吧。（探入门内）喂！怎的没人在啊！（解下头巾，进入店内）。

　　——河竹默阿弥《河内山与直侍》

　　就算不是这种古典戏曲，现代的戏剧仍然有它的文体，也必须要有，因为有了文体，才使剧本有别于小说里的对话，也才让戏剧这个文类能够独立于小说之外。当然也有一些剧本是没有文体的，整部戏只能算是日常对话的罗列而已，在此就不予讨论。回顾古今，岸田国士和久保田万太郎为日本戏剧奠定了一种文体，最近的作家当中，例如已故的森本熏和加藤道夫，还有福田恒存、田中千禾夫、木下顺二也都各自创造了他们独特的戏剧文体。

　　暂且假设剧本的文体和小说的文体可以互换，然后试着把小说的文体切割给几个戏剧里的角色看看。以下就是把《亲和力》其中一节硬拆成三段对话的结果：

　　A 太郎　　或许任谁看了都会觉得新郎对这种

态度相当不快。

B太郎　其实不然，他反倒觉得这一招的手
　　　　腕很高明。

C太郎　因为他比谁都清楚，她的性格是近
　　　　乎神经质地抗拒一切可能的危险，
　　　　因此更加不以为忤了。

　　从小说里任选一节拆成三个人的对话之后，就会发现
文章本身虽然具有连贯性，却无法成为戏剧的文体。这是
因为戏剧里的对话必须展现角色的性格，角色之间一句接
一句的对话并非像小说的文章那样连续流动，而是得让角
色的个性表现犹如海中遨游的海豚，不时活泼跃出海面那
样，在对话中若隐若现。这样忽隐忽现的角色性格化成戏
剧中每个人的台词，因此像刚才那样把连贯的文章硬拆成
对话，并无法就此变成戏剧文章。更何况，在戏里头，无
论男女老少或各种阶级、职业的人都在同一个舞台登场，
如何用一种平均化的文章来表现各自之间的差异？就算勉
强用一种平均化的文体把剧本当小说写，也会弄得枯燥乏
味，就像蹩脚的翻译剧本一样根本上不了台面。所谓剧本
的文体，除了要显现各个角色的性格之外，它的根底还是
要保持着著作者一贯的韵律脉动。

　　接下来就把刚才的一节改写成"文体不彰的剧本"

看看：

> A 太郎　新郎对这种态度一定很不痛快，这
> 　　　　是显而易见的事。
>
> B 太郎　不！恰恰相反，他反倒觉得这一招
> 　　　　高明。
>
> C 太郎　没错，因为他实在太了解她那种极
> 　　　　端的个性了，只要有一点点危险的
> 　　　　可能性，她都会闪得远远的。既然
> 　　　　这样，他就更不以为意了。

修改之后，比较像是三个男人在交头接耳谈论新郎的对话了。可是光这样仍然不算是剧本的文体，因为当中完全看不出角色的性格，只能算是日常生活对话的罗列，不是文学。戏剧的文学性在于它具备一种表演艺术的特质，无可避免地包含了各种夹杂物，因此再怎么练达的戏剧，也不免出现这样庸俗至极的日常对话：

> 女佣　要不要泡茶？
> 夫人　好……算了，再等一下吧！

除了一些幻境式的戏剧以外，这种对话可说是戏剧的

必要之恶。剧本的文体一边要顾及这些家常便饭的对话需要，同时还必须将作者内在的脉动如闪电般从这个角色传达到下一个角色身上，这一点很难从一两段引用的文章来说明清楚，如果各位读者能亲身去读一部剧本，就会发现其中就算是再平凡的对话、用的是再平凡不过的语汇，里面都有作者的血液流动着，文章就随着那脉动上下起伏，剧本的文体就是如此深刻对应着戏剧严密无比的结构要求。再以刚才的例子来说：

女佣　夫人，给您泡杯茶吧？
夫人　好……算了，再等一下吧！

即便是这般日常的对话，也可以赋予它深层的心理意涵，能够构成作者独特的文体。戏剧的文体不像小说的文体那么容易掌握，另外，它又是一边闪烁着光芒，一边支撑起整部剧本的砥柱，需要具有比小说更明了的主题和架构，才能前后紧密地串联。姑且不论一些由诗人所写、文字漂亮的剧本，我认为戏剧作为一种表演文学，若没有出色的架构就不会有出色的文体。请读读岸田国士《提洛尔之秋》里的这段台词：

史黛拉　（将手臂环绕着亚曼诺的脖子）没

关系，再靠近我一点。还记得从前，

在那个能俯瞰莱茵河的——叫什

么地方来着？

算了……

那是我住在那里的第一个晚上，

就是搭船出游的那天，玩到很晚，

那天晚上，

你醉得那么厉害，

你怎么会喝成那样呢？

哎呀！是我让你醉倒的吗？（猛烈

地抱紧亚曼诺，凑上双唇）

不许你这么沉默。（片刻之后）

那时我的寝室就在你隔壁呢。

我一打开窗，你也把窗子打开了呵！

那之后是怎么了呢？

——岸田国士《提洛尔之秋》

在岸田国士之前，谁也没写过这样的台词。其中微妙的心境起伏，高度呼应着戏剧所需的舞台效果，这让它截然不同于以往小说家玩票性的戏剧创作。岸田戏剧的题材、表现、舞台氛围、独特的角色性格，乃至戏服上的创新等，集结起来就让人感受到岸田革新了日本戏剧的文体。日本第一个内心戏的文体从此建立，后来就如众所周知的一样，文学史上以"剧作派"为名的一群戏剧作家莫不以岸田为师[1]。

接下来是福田恒存的《Kitty 台风》[2]。这部作品是战后新剧史上的一个里程碑，它的文体乍看之下似乎可见岸田国士的身影，但它超越了心理剧的范畴，用心去收集显现在日常生活感受里的思想糟粕，借此证明现代日本在思想上的浅薄，并且更进一步反映出日本人在整体生活上缺乏精神依归的情境，可说是相当富有批判性又戏谑十足的作品。台词的文体是这样的：

> 三郎　　你什么都觉得事不过如此，然后什么
> 　　　　也不做，但我不一样，我……
>
> 梧郎　　我知道失败了也不过如此，所以才想
> 　　　　去革命……
>
> 三郎　　除此之外什么都可以！比方说做洋
> 　　　　娃娃……
>
> 梧郎　　哦，你这革命家竟然也会有做洋娃娃

1　　"剧作派"得名于戏剧杂志《剧作》，这是昭和初期以岸田国士为首的一群戏剧作家共同创办的杂志。

2　　这里的"Kitty"指1949年8月31日在日本关东地区登陆的强烈台风"凯蒂"。这次台风造成135人死亡、479人受伤以及17000多户房屋全倒或半倒的灾害。

这种纯小布尔乔亚的嗜好啊!

三郎　小布尔乔亚的嗜好? 别丢人了, 这种
词汇一点意义也没有。

礼子　革命和洋娃娃, 漂亮!

三郎　哈哈哈, 原来里见先生鄙视才华和嗜
好啊! 这可不是什么好倾向。理想啦、
梦想啦才没用呢, 一点生产力都没有。
钓鱼当兴趣的话, 一条鱼也算是生产
啊! 去吊钢丝、讲相声还强过什么都
不做呢!

胜郎　(边说边从舞台左方上场) 怎么样?
这里的气氛不错吧? 稍微心服口服了
吧! 什么时候来都是这种调调。

三郎　嗯, 太有意思了。

亮一　大家都忘了科学才会这样乱哄哄的,
科学……

俊雄　(对三郎说) 你是在暴风雨中来到我
们的诊间, 真不是时候。

三郎　是啊……哦不, 不是的。

俊雄　我也觉得你很有意思。不是只有你在
看我们, 我也在观察你们, 彼此都是
主角。

91

三郎　一点也没错。

胜郎　我不知道到底是谁在看谁，也不管主
　　　角是你还是我，总之你们……

梧郎　又来了，真的非得要毁了我们才高
　　　兴吗？

胜郎　大风雨正在兴起——比 Kitty 台风更
　　　强大不知多少的大风雨。等风雨真正
　　　到来的时候才惊慌，就已经来不及了。
　　　你们知道现在推动日本的人物是谁
　　　吗？不是总理大臣，也不是议员……

梧郎　是吉冈吧？

胜郎　这件事本身就是一种嘲讽吧！不过，
　　　放心吧，很快地你就会庆幸遇见我了。

梧郎　中井先生，这么说来三桥先生竟然是
　　　我们的诺亚呢！

　　　　　　　　　——福田恒存《Kitty 台风》

　　戏剧的文章有时满是令人眼花缭乱的倒叙，有时为了
让对白的表达功能发挥到极致，也会刻意扭曲。无论如
何，戏剧的文体可说是一种和散文的端正体裁全然不同、
通达无碍且不断在流动、跳舞的独特文体。如果小说的文
章是稳步前进的，戏剧的文章必定就是一场舞蹈了。

第五章

评论的文章

一般视为艺术的文学不外乎戏剧、小说、诗歌等，其实评论也可以是门了不起的艺术。关于评论是否足以成为一门艺术的问题，已经超过本书所要讨论的范围，请各位参考王尔德著名的评论作品《评论者之为一名艺术家》，相信会得到满意的解答。

就我来说，写得不好的评论总是比写得差的小说读来更令人难受，即便是简短的专栏或是匿名的评论，文章写不好就教人光火。就算是极尖酸刻薄的攻讦，用强而有力又漂亮的文体写成，也比蹩脚的小说让我心情愉快，因为劲力十足又漂亮的文章，会使评论与出自私心的一切不纯洁动机有了切割。如果写小说是一种发泄，评论怎能不是一种艺术呢？

然而，评论文章不免也有它自身的局限，它的困难在于日文本身逻辑观念的淡薄。且以现代评论者当中文章写得最好的瓦莱里为例好了，他将法语明辨事理的特质发挥到极致，又散发着高调的士绅气息，这是冷静的知性人士与优雅的社交人士在文体上的融合，成功呈现了十七世纪以来的法国传统。此外很重要的一点是，瓦莱里评论的对象都具有足以与其知性相抗衡的力量，因为他的对象是衰颓中的欧洲，是整个欧洲文明的精神。瓦莱里因为其评论作品而被尊崇为大师——可以说，他是最后的欧洲之子。瓦莱里文章的美，自然就是日薄西山的欧洲精神所散发的最后芬芳。

日本的评论者势必因为日文本身的不擅长议论和评论对象的贫瘠，而感到深刻的孤立。评论家首先是从国外的事物学习到现代评论的基本精神，他们虽然知道评论的高标准在哪里，却因为评论对象——现代日本——的浅薄，以及日文在表达上受到的限制，使得日本的评论者始终无法开创属于自己的文体，直到有一位天才树立了日本评论文章的典范，那就是小林秀雄。

小林秀雄的文体特征在于他和瓦莱里一样明辨事理，但同时又未忘掉日本传统式的叙情，这使他得以在日文的文体和评论之间找到一个结合点。在小说家的文体当中，小林秀雄从志贺直哉那种实践派的文体里找到典范，他的评论对象也逐渐跳开当代驳杂的文学作品，选择更加自由。例如从小林秀雄在二战期间写的《所谓无常》开始，他便写活了日本中古时代的人物，二战结束后，他深入欧洲天才音乐家莫扎特的灵魂，之后又在《现代绘画》这本书里写他自年轻时仰慕至今的凡·高，并对现代绘画做了独树一格的评论，这些评论不只是艺术评论，它们与小林秀雄的文学评论皆有一脉相承之处。

评论文章的写手从明治时代以来所在多有，例如森鸥外、永井荷风、正宗白鸟都是，大正时期也出现佐藤春夫等才华洋溢的作家，写出许多精彩的评论，但我在这里想讨论的是有独特性的评论家和他们的文章。提过小林秀雄之后，必须再提一提中村光夫。中村光夫的文章和小林秀雄一样，都在某层意义上将对日文的妥协之处舍弃，并进一步排除日本人的思考模式，才创造出严谨的议论体裁。中村光夫出了名的"敬语口气"在我看来，是为了避免一般口语常陷入的日本式感性，所以刻意不用有血有肉的口语体，而用敬语打造出一种无机质文体的结果。他的长篇评论有畅快的论证，逻辑严谨的日文叙述也前所未见，并且从深处细细交织着评论家必备的文学感性——这份感性恰如其分地不与理性争锋，也不一味屈从。这种撙节自制的文体在现代小说里看不到，倒出现在评论文章的领域中，也可算是一种奇特的现象。

常有人说，美令人屏息，但似乎很少有人仔

细思考过这件事。一方面，优秀的艺术作品必然也无法用任何难以用言语诠释的事物作比，它无法以学术语言或生活词汇来说明，因此我等评论者也不得不沉默。然而另一方面，这沉默并非无声，而是因为满溢着感动，令人不可自抑地想要述说，同时必须忘记一开口述说难免就要失真的意识。创造如许沉默有赖非凡的手腕，而承受如许沉默则需要对作品有痛切的爱。美是一种真切存在的不可抗力，说得玄一点，它远比一般人所想象的都不可爱，也一点都不愉快。

优秀的艺术作品所表现出来的那种难以形容的事物，将它称为美也好，称作思想也罢，都离不开作品固有的形式。这是一切评论艺术者的常识，也是所有艺术一脉相通的原理。如今鲜少有人注意到这个原理正危在旦夕，或许即便注意到，也已经来不及了。

——小林秀雄《莫扎特》

荷风是明治时代唯一为了当作家到国外去的人，在当时的作家眼里，海外历练是不必要的奢侈，再想想当时一般社会对于出国只为了写作的观感，就可知道荷风出国是多么特立独行的一件事了。整个明治时代，西方的观念和事物浸润了日本文化的一切领域，这使得西方国家成了值得我们效法学习的"先进国家"，可是当时主导文化摄取的是极端的功利主义，因此日本人向西方人学习到的几乎全局限于对当前有实益的部分。留洋一事，对于这些学习西方技术的日本人来说，也就是正规的晋升台阶，在生活上和精神上完全不需要做任何本质上的冒险。这些万中选一的人才生活受到日本社会保障，享有黄金般耀眼的未来，而他们对于自己专长的产业、军事或者政治等知识——就是他们从西方带回来的——能提供给日本社会的实效也深信不疑。西方对他们来说，仅代表一个要稳当出人头地所必须经历的重要阶段而已。

然而对荷风来说，出国本身就是生活上和精神上要面临重大变故，如何挨过这个变故，也是荷风比同时代人更加成熟的秘密之所在了。

——中村光夫《作家的青春》

第六章

翻译的文章

近来译介到海外去的日本文学作品不少，谷崎润一郎的《食蓼之虫》《细雪》，以及川端康成的《雪国》，皆有爱德华·赛登施蒂克（Edward George Seidensticker）的译本，伊万·莫里斯（Ivan Morris）翻译大冈升平的《野火》，甚至成了日文翻译的典范。根据唐纳德·基恩（Donald Lawrence Keene）——他是日本文学翻译中的佼佼者，据说也是位十分有个性的日本文化研究专家，日本人现今写得最好的英文著作是冈仓天心的《茶之书》；唐纳德·基恩说，冈仓天心用在波士顿社交界学到的古典又高雅的英文来写作《茶之书》。除了冈仓天心这种极少数的特例，很遗憾的，由日本人翻译成外文的日本文学，可以说一部译作名著也没有，也许这是因为日本现代文学直到最近才在国外广得好评，本国的翻译人才还来不及培养的过渡期现象，或许不久以后，就会出现由日本人翻译成英文的日本文学作品。

日本早期的外文翻译纵使有些错译的地方，但是顺着当时日本人的喜好，用传统的雅文体或汉文假名交杂的文体所译成的文章总是备受欢迎。后来到了二叶亭四迷的时候，开始用一种既奇特又有西方味的文体来翻译，随着翻译的作品逐渐增加，这种怪异的直译——"翻译腔"——开始飞扬跋扈起来，竟慢慢"劣币驱逐良币"，使得翻译文体变得混乱粗糙。另外，也出现了一些在外语研究上相当严谨、文学造诣又深厚的人投入翻译，他们译出一篇又一篇忠于原文且行文优雅的文章，使翻译能够融入日文，这才造就了我在前面所说的，虽然现今的文章充斥着太多不自然的翻译腔，但我们还是能像读日文般自然地阅读翻译的文章。

相较之下，国外的日本文学翻译还在起步阶段，日本式的思考形式也尚未达到充分浸润于外语之中的程度，因此目前只能停留在浮泛的介绍。但这样的情形未来会如何还不可知，至少就我自己的作品在国外翻译出版的经验，我便见识到了国外的出版社和读者有多么重视译文的品质。

西欧的思考方式和日本人思考方式的差别，还可以从一个地方看出来，那就是川端康成那种细腻的日文文章到底能不能转换成外语。或是更根本的，若是翻成英文后不能成为好的文章，那么翻译本身也跟着一文不值。一个很好的例证是，日本对外国文学有种根深蒂固的学生心态，即便是翻译一些不登大雅之堂的二流小说，也习惯附上长串的注释，把日本人不熟悉的词汇一一加以解说；反观外国的出版社并不会在小说里加注释，让读者在没有注释的情况下也能毫无障碍地阅读，这才是翻译对小说读者应有的礼仪。基于这种见地，哪怕翻译的是谷崎或川端这类大量描写日本独特风俗习惯的作家作品也不成问题，重要的是译者有没有能力在不加注释的前提下，用文字传达得清楚透彻。这样的态度是真正把小说当成一件艺术作品来翻译的必然结果，既然翻译小说在它译出的语言当中也是一件独立的作品，那么它在用字上是否精确、是否方便学生拿来当作学外文的教材，这些问题根本无关紧要。在国外，小说是用来欣赏的，而不是拿来学外文的。

我不是语言学专家，也不精通外文，因此在大部分的情况下，对于翻译的每一个细部是否正确、文法是否混淆，并不会多寻思。当然有时遇上一些极度艰涩难懂的译文时，我会直接认定它的翻译有问题。即使用词上都正确无误，翻译出来的小说或诗、戏剧在整体效果上打了折扣的话，我也不认为那是好的翻译。最重要的是，作为一部作品，是否能完整地传递原文的感觉。

从这一点就可以看出翻译的两种典型态度。一种是个人风格浓厚的翻译——既然国外的文物和风俗不可能照它原本的样子移植成日文，那么就用译者主观的味蕾咀嚼，用译者的个人风格浸染，再灌注以译者对原作者发自心灵和感情深处的爱，翻译出有强烈译者风格的作品。另一种就是一般认可的正统翻译——原文的感觉和独特性不可能完完整整地翻译出来，但哪怕能准确传达的只有十分之一二，一些在外语能力上有良知又有深厚文学造诣的译者，仍会尽其所能贴近原文翻译出来。以后者为例，比如，杉捷夫翻译的梅里美短篇小说就以精准和简洁见长，相当类似志贺直哉的文章。而前者的代表则有森鸥外翻译的《即兴诗人》与《浮士德》、日夏耿之介翻译的《莎乐美》和爱伦·坡的诗作、神西清抄译的《风流滑稽谭》[1]、斋藤矶雄翻译的德利尔·亚当作品等。这两种基本上立场殊异的翻译孰优孰劣，还是要看翻译出来的作品能不能在日本文学中与其他作品并肩而立，甚至如果能以日本文学瑰宝之姿站在前头，那才算真正了不起的翻译。

我认为，阅读翻译作品时，如果文字晦涩难懂、文句不通，扔了别看才是对原作者的礼貌。翻译出来的文字不通顺，只因为它忠于原文就忍耐读下去，这种奴性最好快快丢掉。还有，刚才提到的两种态度中的第一种，有时是

1　巴尔扎克著，原书名为 *Contes Drolatiques*。

相当危险的，如果译者的个性其实没那么鲜明，也并非那么有才华，他翻译的文章还是别看的好。

有时候，我们会看到一流的外国文学学者的翻译充斥着文艺青年才会有的怪腔怪调，他们虽然是一流的学者，却想借着翻译一圆年轻时因为才华不足而无法达成的小说家或诗人梦，因此让自己青涩的文学喜好、同人志那种令人不快的文学品位，或者奇怪的遣词造句污染了原作。要谨记，一流的学者当中仍然存在这类文艺青年品位，所以一流学者的翻译文章——即便是一流的外国文学作品——若是被偏颇的癖好污染，还是早点让它离开你的书桌为妙！

从这里可以看出来，读者在阅读翻译文章时，也需要依赖日文以及日本文学的修养和训练。缺乏这些修养和训练，便认不清翻译文章的好坏，放任翻译的水准下降，坏文章横行，造成"劣币驱逐良币"的结果。

不懂外语不是什么问题，但不能说自己不懂外语，就无从挑剔翻译的好坏，因为翻译文章也是用本国语言写的，是地地道道的本国语言，我们不需要靠外语能力就能判断面前的翻译是好还是坏。

一方面，由于译者的恣意妄为，不知已经有多少外国文学在这些人的翻译下被扭曲，真是为害匪浅。翻译就像药物一样——八分益处、两分毒害；所以在日本，像里尔克这样的诗人被称为感性派，对纪德的介绍总是抒情，而包括施笃姆在内的浪漫派作家的介绍，总是剔除了浪漫派特有的反讽和戏谑，只剩下如少女读物般软绵绵的内容……翻译的毒害已经难以计测。另一方面，当然也有许多被正确译介进来的外国文章，所以上述的情况不能一概而论。这里虽然批评了翻译的许多问题，但请别忘了我也曾在以前的章节中大力强调，现代日语的多彩多姿以及文章表达方式的多样，乃是因为翻译的蓬勃发展才能促成的。

关于翻译的两种典型态度，可以举爱伦·坡《厄舍府的倒塌》[1]中出现的一首诗做对照。以下列出该诗的两种翻译，前者是日夏耿之介以雅语译成的版本，可算是日夏个人风格浓厚的名译作；后者则是用正统的翻译态度译出来的版本。最后两篇摘录亦是两种翻译态度的对照。

> 然而魔魅披上悼哀的丧袍
>
> 袭击君王的宝座。
>
> 嗟乎嗟乎！岂不悲哉！
>
> 可怜君王再不见明朝。
>
> 昔日似锦荣华，

---

1 曹明伦译：《黑猫：爱伦·坡惊悚故事集》，商周出版社，2005 年。

今已成黄花，

徒留一则久远的传说。

而今行旅者过道此地，

可见溪壑中炯然如昼，

乱弹的乐音如幻，

黑影幢幢蠢动。

又见苍白门扉下仿佛急流涌进，

是骇人之物川流疾驰，

笑声哄然，独不见笑颜。

——日夏耿之介译

然而灾祸穿着丧服，

进逼君王的宫城。

（哀哉我王！可怜他再也不见天明）

过去笼罩宫城的橙黄色荣光

就此覆盖阴影，

成为久远以前的传说。

如今来到山谷里的人，

从鲜红晶亮的窗子，

看见飘忽不定的鬼影

在诡谲的乐音中舞动。

又如滔滔洪流——

那是一群可怕的鬼影正穿过

苍白的宫城,

它们笑着,却不现形迹。

——谷崎精二译

在这座城堡里,两个恋人的心灵融入彼此神秘的肉体,浸淫在邪祟又欢愉的大海!他们尽其所欲地战栗、狂乱地爱抚。他们两人成了彼此存在的脉搏,对他们来说,心灵已经毫无保留地与肉体合一,因此他们的姿容已经不再是表面上的,而是心灵上的样貌,在热烈亲吻的时刻,这形而上的合一将他们两人结合在一起。一段漫长的眩惑!忽然这魅力在瞬间分崩离析,可怕的事变使他们悖离。他们的手臂松开了。是怎样的怨灵夺去了所爱的尸骸?死者吗?不。维朗赛罗的灵魂是否在弦断那一刹那的惊呼中遭到了掠夺?

几个钟头过去了。

他透过玻璃窗,仰望着逐步渗进穹苍里的黑夜。这黑夜在他看来竟像个活生生的人了。这

"夜"，仿佛忧愁地徘徊在流放边境的女王，又像别在丧服上的钻石别针。它是黑暗中唯一的明星，闪耀在群树之上，最终消逝在穹苍尽处。

——德利尔·亚当《冷酷的故事》[1]

斋藤矶雄译（个人风格浓厚的翻译）

他一边说，一边继续把表挪近来，挪得愈来愈近，几乎碰到了孩子苍白的脸颊。孩子内心的贪欲和对收容的客人保持信义的一场斗争，很明显地流露在他的脸上，他的裸露的胸膛猛烈起伏，看来快要窒息。而那只表却在晃动着、旋转着，有时碰到他的鼻尖。最后，他的右手终于慢慢举起来伸向那只表，手指尖碰到了表，接着整只表已经躺在他的掌心里。可是军士长没有放松表链……表面是淡青色……表壳新近才擦过……亮晶晶的……在阳光底下，整只表就像一团火……这个诱惑实在是太强烈了。

福尔图纳托同时举起左手，用拇指从肩上向他背靠着的那堆干草一指，军士长一目了然，他松开了表链。福尔图纳托觉得已经成为表的主人，

1　原书名为 *Contes Cruels*，1883。

他像只鹿那么敏捷地立起来，走出那堆干草十步以外，兵士们马上就翻动干草。

没有多久，干草堆就动起来；一个浑身是血的汉子，手里拿着匕首，从草堆里出现；可是当他想站起来的时候，他的冷却的伤口并不容许他这样做。他跌倒了。军士长扑到他身上，夺去了他的匕首。不管他怎样反抗，他马上就被紧紧地绑住了。

——梅里美《马铁奥·法尔哥尼》[1]

杉捷夫译（正统的翻译）

<hr>

1 郑永慧译：《梅里美短篇小说选》，故乡出版社，1995年。杉捷夫的日译和郑永慧的中译在表达上差异不大，由此可以看出三岛由纪夫所谓"正统"的翻译确实是中规中矩地照着原文传达，因此在一定程度上有着四海皆同的面貌。

第七章

文章技巧

人物描写——外貌

　　法国古典文学曾经存在"肖像"这种文学类别，以简单的笔触勾勒出各人的风貌和性格，在为沙龙聚会提供余兴的同时，也用来较量观察和批评的眼力。德拉布吕耶尔 [1] 的《人性与世态》可算是这种文类的经典。

　　由于语言本身就带有社会功能，当我们使用语言进行书写的时候，自然会特别费心去描述他人的面貌，称呼便是为此而生。我们透过外貌和称呼与某人的形象做联结，就算忘了名字也可以询问别人说："有一个男的，很胖，秃头，有一双大象般的眼睛，那个男的是谁？"还是问不出所以然的话，就会做更进一步的性格描写："你知道的，他到过你那里呀！就是那个大声谈论贝多芬的音乐如何如何，偏偏听起来根本什么也不懂的家伙啊！"如果这样也行不通，就详细说明此人跟自己的关系；说得起劲了，便

1　让·德拉布吕耶尔（Jean de La Bruyère, 1645—1696），法国散文家。

忍不住要分析这个人，剖析他的性格，触探他的内心深处——这些里里外外的形容加起来，就是称呼所代表的这个人了。

现实生活中，我们会依称呼来将人分类。职业也是一种称呼，是报社记者还是议员，是小说家还是棒球选手或者电影明星，从职业的分类就可以决定此人的类型，再试图从中推测出他的个性。不过，这个人和我关系不大时，通常用类型来决定这个人即可。于是，我们身处的社会就像一幅风景画般，愈靠近自己的周围，便有愈浓的颜色、较清晰的细部；随着距离拉得愈远，轮廓就愈模糊、颜色愈单一，逐渐向类型和普遍化的远方淡去。我们对离自己愈近的人，愈需要专有名词的标示，数百张名片中，只有少数与我们特别亲近的名字会留下，其他就任其遗忘；家族中由于关系更亲密，夫妇之间的名字甚至可以简化成一个"喂！"，这就是现实生活的鸟瞰图。

可是在文学作品中，我们时常与陌生人不期而遇：现实生活里大概不容易有机会和杀人犯打交道，但在小说当中，有时第一页就会迎头遇上一个，如果他的名字叫作A，我们无论情愿不情愿都得照这样来称呼他。然而，在小说里，这个专有名词的实质却是空的。换句话说，现实生活里有实体、有真实人生，并且和自己有关系的人名才具有意义，小说等文学作品里的专有名词，则是先有名字之后，才设定与那名字相关的各种互动。这里的"互动"

指的是读者与小说主角之间的互相接近，也就是我在第一章中曾经提到的，"和小说的主角一样在小说世界中行走坐卧"的"精读读者"所需要的态度。

因此，在小说当中，即使是高度刻画内心的小说，人物的外貌仍是我们首要关注的目标。心理小说经常对人物的外貌不加着墨，但这并不代表外貌可以就此忽略，而是希望读者能从别的方式了解这个人物，透过读者个人的想象和喜好，在眼前浮现出他的外貌来。据说横光利一曾在聊天中向堀辰雄提到："《德·奥热尔伯爵的舞会》里，女主角玛欧的长相怎么就是没法在脑海里浮现，只能勉强想象到声音。"读者的脑海中就算无法浮现雷蒙·拉迪盖[1]的名著主角的脸庞，心中必然也会将她定格出一定的形象。小说的秘密就在于此。

最看重外貌的莫过于电影。电影将人的脸、服装等全带到观众的眼前，因此从被分配的角色就能隐约看得出来这个人长相讨不讨喜——一般让人心生厌恶的面孔大概都是演坏人，一般会让人喜欢的面孔就会被分配去扮演好人。可是我们在看电影的同时也被迫接受了某种特定的形象，想象力受到画面的指示，将角色嵌入特定的形象里。

1　雷蒙·拉迪盖（Raymond Radiguet，1903—1923），法国小说家。虽然二十岁便因病英年早逝，但其创作的两部小说《魔鬼附身》（*Le Diable au Corps*）以及《德·奥热尔伯爵的舞会》（*Le Bal du Comte d'Orgel*），却获得后世极大回响。三岛由纪夫即自承非常喜欢他的小说作品。

比方说，喜欢纤瘦女性的男人，在看丰满的女性演戏时就不会有感觉。正因为如此，电影要拍得好，手边得有丰满的女演员、纤瘦的女演员等各种类型，将她们分配到合适的电影里，好让观众可以照着自己喜好的演员类型——而不是电影本身——进电影院观赏，电影的明星取向就是这么来的。电影的明星取向是观众想象力被扼杀的必然结果，戏剧相较之下还多了许多想象的空间，这和戏剧不走明星路线的做法正好是一体两面、互为因果。不过，歌舞伎的明星取向是从别的传统衍生而来，不能和上述的结果混为一谈。

文学作品里的人物描写无法像电影那般直接诉诸视觉上的印象，读者的想象力因此就显得十分重要。每个人都有两只眼睛、一个鼻子、一张嘴巴，上天却将每一张脸都制作得独一无二，小说里面登场的人物照理来说也应该具有与众不同的特征，但这是不可能的，因为我们在读小说的时候，是靠着类型、靠着从生活经验中累积的对人外貌的知识，再根据书里的叙述，综合出一个形象来。

如果各位在书里读到"她有两只眼睛、一个鼻子、一张嘴巴"这样的描写，除非这是本诙谐小说，否则应该会扑哧笑出来吧。小说家的一般写法会是："她的眼睛很美。鼻形端正，只是稍嫌瘦削，给人一种寒碜的感觉，同时又有种难以言传的清淡雅致。樱桃小口里露出孩子般小巧又健康的牙齿。"读到这段描述，读者似乎对她的脸有了认识，但其实什么也不了解——试试看把脑海里的容貌画下来，就会知道自己根本拿不定那是张怎样的脸。光是"眼睛很美"这一点就有许多主观上的差异，再怎么穷尽笔力去描写也描写不完。但就像前面提到的，小说的强项就是激发读者的想象力，并为想象力预留一些空间，好让读者能在作者的带领下进入故事的世界。

我有次和法国导演安德烈·卡亚特[1]聊天，大力主张小说的优越性和前瞻性都胜过电影。在电影里面，不管你找来演美女的人是胖是瘦，总免不了被一些对美有不同标准的观众质疑，可是在小说当中，例如司汤达在《瓦妮娜·瓦尼尼》里，只消写一句"她是罗马的头号美女"，读者无不买单，全拜倒在她的石榴裙下。不过这也得看作家的态度和资质，如果是巴尔扎克这种既是幻想家又是现实主义者的天才，读者光是读他对人脸的那些富含诗意又滔滔不绝的细微描写，就已经晕头转向了。

她自称那头耀眼夺目的金发是对爱娃的纪念。除了那头天仙都妒忌的金发，让人眼红的肌肤仿佛一层服帖的绢纸，太阳底下闪闪发光，冬天又像绸缎一般轻柔地颤抖。那像鹤羽一般轻盈、英国式卷浪的刘海底下，是一张清秀的脸，还有仿

<hr>

[1] 安德烈·卡亚特（André Cayatte, 1909—1989），法国新浪潮电影导演，曾获威尼斯国际电影节金狮奖、柏林国际电影节金熊奖。

佛以罗盘画出来的端正五官，使她闪耀着聪慧的光芒，但她的仪态却庄重而平静得毫无起伏。除了她以外，还能够在何时何地找到第二个这样淡雅又清澈聪明的脸庞？那脸庞有一种珍珠般的光泽，那双灰中带蓝、像孩子一样清澈的眼睛搭配着悬弓似的眉线，给人一种又淘气又无邪的神情。那眉毛的线条就像中国画人物的眉线一样，只是淡淡地一笔带过。这脸上深深浅浅的阴影和两鬓，还有纤细的肌肤所映照出来、微带蓝色的珍珠一般的润泽，衬托出这脸的聪慧和无邪。她鹅蛋形的脸就像拉斐尔笔下典型的圣母像，而脸颊上的肌肤仿佛孟加拉的玫瑰一样甜美红润，光线穿过长长的睫毛时筛落的影子洒在颧骨上。她偏着头，淡入阴影里的乳白色的脖颈是达·芬奇最喜欢的线条。脸上的几处雀斑仿佛是十八世纪侍女们刻意装扮的点痣，透露出莫黛丝特乃是个人世间的女孩，不是意大利的天使颂赞派所幻想的天仙。才气纵横的嘴唇似乎拒人千里之外，但丰厚的唇形又诉说着肉体的欢愉。柔软但不孱弱的身体就和那些靠着马甲的压迫而成功塑形的女性身体一样，对生儿育女没有任何危害。优雅的曲线并非来自衣物，那些身上的棉纱、金属和衣带只纯化了这举手投足间如白杨树幼苗随风摇曳时的优美。

有着樱桃色绳结的珍珠白长袍含蓄地粗描着她的体形，瘦削的肩头罩着披肩，只看得出衣领在披肩底下的弧线。鼻翼是轮廓分明的希腊式，才气洋溢。那张看来又淡漠又伶俐的脸以及那透露着谜样诗情的前额，那因为嘴角的一丝挑逗而被拆穿了一部分伪装的脸孔，还有一份无邪、一份仿佛参透世事的嘲笑……当一个观察者看到这些表情与多变的大胆眼神同在一张脸上竞相出现时，一定会相信这个有着能听见所有细微声响的敏锐耳朵，能闻到"理想"这朵蓝花的香气的女孩必定存在于日升之处游戏的诗与每日的劳动之间，是幻想与现实相互争斗的舞台。莫黛丝特是个有强烈好奇心和羞耻心、顺从命运的纯洁女孩。她不是拉斐尔的圣女，而是西班牙的处女。

——巴尔扎克《莫黛丝特·尼翁》[1]

除此之外我还没见过比这更执拗的外形描写。这也难怪，因为自然主义的作家信奉科学，重视客观的事实，落实在技法上就是加强描写人们的外貌这种眼见为凭的形象，这也使得自然主义作家在描绘人物上格外出色。

查理上到二楼去看病人。他发现病人躺在床

1　原书名为 *Modeste Mignon*，1844 年出版。

上，盖着被窝出汗，睡帽被扔得远远的。这是一位矮小的胖人，五十岁，白皮肤，蓝眼睛，秃额头，戴着耳环。他旁边椅子放着一大瓶烧酒，不时斟给自己提神。可是，一看见医生，他的兴奋低落了，十二小时以来的咒骂也停止了，他轻叫哼唧着。

——福楼拜《包法利夫人》[1]

她身材高大，十分丰满，特别讨人喜欢，由于整天关在昏暗的小楼里，她的肌肤苍白，闪着幽光，仿佛上了一层清漆。她的前额有一圈薄薄的刘海，以这鬈曲的假发来装饰，使她看起来比较年轻，却与她那成年妇人的体形极不相称；她性格开朗，终日喜气洋洋，喜欢跟人开玩笑，但是并没有因为改做这一行而失了自己的分寸，听见粗话，她总觉得反感。据说有一次，一个缺乏教养的年轻人用她的名字来称呼她掌管的妓馆，她立刻脸色大变。总而言之，她雅人深致，虽然拿她的姑娘们当朋友对待，可是也见人就爱说，她跟她们"绝不是相同出身的"。

——莫泊桑《泰利埃妓馆》[2]

1　钟斯译：《包法利夫人》，远景出版社，1991年。
2　赵少侯等译：《羊脂球》，商周出版社，2005年。

再比方说，谷崎润一郎这类官能作家也相当执着于临摹女性的外貌，但他的描写和自然主义作家不同的是，女性完完全全只是官能的对象，是活脱脱散发着动物性诱惑，让读者忍不住垂涎之物。

清亮的大眼睛在厚重的眼睑底下伶俐地打转，整齐的睫毛下那双惹人怜爱的双瞳闪烁着一丝狡黠的光芒。女人饱满的高鼻子、蚰蜒般湿润的嘴唇、丰润的脸和头发都清晰地浮动在这湿热房间的暗影中，让佐伯病态的感官兴奋起来。

——谷崎润一郎《恶魔》

人的表情随时都跟着情感的起伏而变化，第二眼的印象常常就改变了第一眼的印象，即便是同一张脸，有时也会让人感觉完全陌生。小说家在小说当中——尤其是那种跨越极大时间幅度的小说——需要顾及时间变化带来的改变。谷崎就曾经这么描写女人脸孔的改变：

老实说，第一眼见到她的时候，觉得还颇有些姿色，可是再细看下去，破绽一个一个全显露出来，便再怎么看都不美了。只不过她身材瘦削、脖颈细长、腰身凹凸有致、臀部大、脚细长，整体散发着一种西方女人穿和服的味道，有着欺人眼目的美，但若是仔细赏玩她圆橙般的脸，就会知道她并没有什么特别漂亮的地方——鼻子高，形状却像狮鼻一样，眉毛又细又长，尾端轻佻地下垂，红艳俗丽的薄唇像莲叶般裂成两半，并仿佛初三的月牙般向上噘着，说得难听点，这种长相在牛肉铺的女侍里比比皆是。此外，虽说她多少算是个卖艺的，可是一个少女毫不害臊地坐在年轻男人的正对面老气横秋地说笑，就显得饱经世故，这让菊村觉得很不舒服。

——谷崎润一郎《叹息之门》

总而言之，不管是不是自然主义作家，在人物的外貌描写里头都包含著作者强烈主观上的深刻印象，也关系到他在用文字传达时，如何牵动读者想象力的问题。

人物描写——服装

　　我们对人的印象不只来自脸孔，包括服装、小动作、走路的姿态等都会形成一个整体的印象，塑造出那个人的整体氛围。印象最集中的当然还是来自长相，但是在描述某个人的面孔时，小说家显然不是把人脸仅仅当成一件雕像在观察，而是从那个人的整体感觉来掌握。文学是一种可以把细节描写得活灵活现的艺术，可以尽情地从脸写到身上所穿的一切、细微的小动作、走路的姿态、手的摆动……只要作者愿意的话，可以尽其所能、巨细靡遗地描写。其中最重要的就是女性的装束了，明治时代以及之前的小说家，都必须在作品中不断证明他们对女性服饰之美的鉴赏能力：

　　　　她在中央那堆人围着的柱子旁边占有一个座位，只见她衣襟上的纽带，打成沉重的夜会结，又用淡紫色的缎带装饰，外面加上一件红点花样的灰色绉纱短褂。她似乎对人们的骚动很感兴趣，清澈的眼睛睁得大大的，显得非常安静文雅。她从服装到容貌都这么醒目，而且态度娇媚，第一次看到她的人，都不由得怀疑：会不会是出卖色相的女人假扮而成的？一局纸牌尚未分出胜负，阿宫这名字已经传遍整个房间。今天还来了许多女人，有的长相很丑，身上穿的衣服也像是向保姆借来的；有人看起来像闹剧的女丑；有的则很漂亮，在二十甚至五十个人当中也选不出一位。她们的服装多半比阿宫高贵几倍，阿宫的穿着只不过是中等而已。像那位贵族院议员的女儿，虽然长得奇丑无比，穿着却最华贵，耸起的肩膀上披着三件一套的外出礼服，上面绣着家徽，绑一条紫色锦绣的大腰带，上面用金线绣出凸起的百合花。服装人人看了目眩神迷，但那长相却令人恶心和皱眉。

—— 尾崎红叶《金色夜叉》[1]

对女性服饰的鉴赏能力，是小说家的品位修养之一，

1　邱梦蕾译：《金色夜叉》，星光出版社，1994年。

也是小说当中的华丽飨宴。它虽然不是人物描写时绝对必要的部分，却象征了一个时代的品位。在一个光是对和服腰带跟绳结都有品位高下之分的时代，透过服饰的描写，可以有效地表达笔下角色的善恶与性格特质，同时，作者也借着这些生活细部的描写，炫耀自己的文化深度，满足读者对作家的期待。

可是现代生活已经发展出各式各样的兴趣与嗜好，很难区分到底什么才是好品位或坏品位，服装本身也经过了革命性的变迁，以至于小说中的服装描写几乎成了毫无意义的叙述。请试着读读以下这一段针对衣着品位的描写，就可知这种描写如今看来已是多么过时了。

实际上，阿梶还不过三十三四的年纪。也许是自出生以来就在讲究出了名的人手中长大的关系，衣住方面的讲究变成他的最大嗜好，在常人看起来差不多难以了解的趣味生活中身心乐此不疲。就是奈奈江想起来，他的讲究已达到与其说是使他人困惑，不如说是使其自身困惑的程度。比如说，普通一天得换上三四次无襟的白布底衫，袜子专拣结城手缝的货（结城是手织袜名地），而且假如不是熨得笔挺的就不称心。他说让女仆洗手巾"看了眼痛"，而必须自己把那大麻丝手巾贴到玻璃上才过瘾。穿的衣服也不是缝好就简单地穿上。从和服衣料店那儿买来的料子，他要女仆实时加工缝在单衣上，当夜就用来做睡衣，十几二十天以后，把沾满了脂肪的衣料让女仆一分一寸地洗干净，然后才把过了水的料子交到京都的裁缝店去（新料子质硬，所制新衣穿起来不舒服）。半旧的东西就最合他脾气，而长汗褟儿可就更严格地讲究。纺绸不是素色的绝对不用，这一点和寻常的讲究衣着者相同，但不是只有袖子和底角发黑而身体部分却是一色浅黄而且是某特定的浅黄就不肯穿用，那可就不是普通的讲究程度了。

——横光利一《寝园》[1]

明治以后，女性的服装脱离了和服细致繁复的样式，从名称就开始简化了。到了洋装西服的全盛期，文章里也充斥着直筒裙、窄裙等这类时尚语汇，在描述衣服的布料、色泽时，使用的净是半生不熟的外文词汇。在这种情况下，如果还要像明治时代的小说那样着力描写服饰细节的话，会有多少篇幅淹没在这些片假名的外文词汇里啊！所

1　周弦译：《寝园》，十月出版社，1969 年。此处括号中的注释为译者周弦所加。

以作者在写小说的时候，就尽量避免对衣服有太多着墨，因为洋装的描写若是掌握失当，很容易让文章连带地也变得轻薄。

在女性的服饰和配件上，小说家和读者共谋挑起一种恋物的性癖。国外有所谓的"恋鞋癖"，写高跟鞋不单单描写鞋子本身，而是透过这双鞋间接地煽动情欲；同样，描写女性时，不写她的姿态、性格或气质等真实的样子，反而专注在描写衣服饰品这些琐碎的物件上，就会像在监牢或偏远军营中的人对女性的幻想一样，塑造出一种极富象征而煽情的女性形象，这种描写的手法就成了小说一大要素。

总而言之，人物描写的方式可以从具体的白描到象征性的间接描写，程度不一而足。戏剧当中也有一种常见的手法，是让对话不断围绕着一个自始至终没出现的人物，还有像小说《蝴蝶梦》[1]，它围绕着一个已死的女人回转，这类作品里的人物描写自然不同于一般的描摹，少不了要带着几分心理上的刻画。德利尔·亚当的小说《薇拉》（《冷酷的故事》的其中一篇），或者爱伦·坡《丽姬亚》里的主角，都是已死的女人。

1　《蝴蝶梦》（*Rebecca*，1938）为英国作家达夫妮·杜莫里埃（Daphne du Maurier, 1907—1989）的作品。后因希区柯克改编成的同名电影而闻名。

自然描写

在描写风景这一项上，日本作家可以说是世界数一数二的高手。就像东洋画中总有一个细小的人物点缀风景一样，在东洋的世界里面，人与自然之间不是对立的，因此文学中有时也可见到风景描写的气势凌驾于人物之上。外国文学当中，除了旅游札记以外，风景往往不是小说的重点，很难单独成为小说本身的魅力。司汤达的作品中有时会出现简洁的自然描写，但那和日本的自然描写在本质上完全不同。我倒是在北欧作家雅各布森[1]的《摩根斯》（收录于《假如玫瑰在此盛开》）中，从对于突然落下的雨的描写里，感到其与日本式的自然描写十分相似。

压得人喘不过气来的溽暑。大气因为热而闪

1 　延斯·彼得·雅各布森（Jens Peter Jacobsen, 1847—1885），丹麦作家、诗人。

着光，并且异常安静。树上的叶子因为瞌睡都垂下了脑袋，还在动着的就只有荨麻上的瓢虫，以及在日照下晒蜷了身子，突然在草地上卷成球的一片正在枯萎的叶子而已。

然后就是槲树下的年轻男子了。他躺在地上、喘着气，用悲伤而绝望的双眼望着天空。他原本哼着一个旋律，现在停了，改吹起口哨，旋而又终止。接着他翻了几次身，呆呆地看着一个被鼹鼠扒出来的已经干成灰白色的土堆。忽然，灰白色的土堆上出现了一个、又一个、三个、四个黑色的圆形小点，愈来愈多，直到整个土堆都变成了暗灰色。空气中倏地拉出无数长长的黑线，树叶不住地点头摇摆。终于，这些动静窸窸窣窣地嘈杂起来，成为一锅煮滚的水，像瀑布一样从天空直泻而下。

一切万物都闪烁起来，发着光，溅着水沫子。树木的叶子、枝干都湿得发亮。掉落在地面的、草上的、篱笆上的水滴仿佛散落一地的美丽珍珠。小水珠才刚挂在顶上，随即就变成大水珠落下，与其他的水滴汇流成小川，注入了小水沟，之后或许流进大一点的洞穴，或许又从另一个小洞里流出来，带着灰尘木屑和枯叶行进，有时就留在地上了，或者继续浮沉，再转个一回，还是全留在地上了。发芽后便各自西东的树叶在淋湿后又全团聚在一起，几乎要枯干的苔藓在吸饱了水后又变得柔软青翠。干竭碎裂成烟草一般的地衣展开了小巧的耳朵，鼓胀出和缎子一样的厚度，丝绸一样地发着光，盛开的白色旋花中水已经溢到杯缘，互相碰撞了一下，就将水抖到了荨麻顶上。肥胖的黑蜗牛舒服地伸长了身子，开心地望着天空。至于那名年轻男子怎么了呢？他帽子也不戴地站在雨中，任凭雨滴敲打他的头发、眉毛、眼鼻和嘴巴。他对着天空敲手指头，不时抬起一只脚像在跳舞；头发湿透的时候就甩甩头，大声唱着歌——不过他太陶醉在这场雨里，根本无所谓自己正在唱什么了……

——雅各布森《假如玫瑰在此盛开》

　　纯西欧式的思维之下，人定胜天、人与自然之间是相互对立的关系，宗教也是为了对抗大自然的力量而打造，因此纯西方式的小说里可见拟人手法的自然描写，却不多见人类为自然所包裹的情形，反而是北欧和俄国作家较常出现类似日本式的自然描写笔法。法国自然主义作家的自然描写，虽然在技巧上精雕细琢，但那毕竟像生鱼片下的

132

萝卜丝，至多是个衬垫的配角而已。

日本小说中对于自然的著名描写，首推志贺直哉《暗夜行路》后篇的末尾部分：

　　黎明时景物的变化非常迅捷。不一会儿，回首而观，橙色曙光像从山顶那边涌起一般升上来了；愈来愈浓，不久又开始褪色，这时四周蓦然亮起。茅草比平地矮短，到处都是巨大的野当归。每根野当归都开着花，往远处延伸。此外，女萝、吾亦红、萱草、松虫草等都杂在茅草中开了花。小鸟轻鸣，投石般画个弧线，从空中飞过，潜入草丛。

　　中海那边，向海延伸的群山顶峰染上了颜色，美保关的白灯塔在阳光照耀下浮现出来；半晌，中海的大根岛也有了阳光，像把红虹鱼翻过来一样，巨大而平坦。村庄的电灯熄了，炊烟处处。山麓的村庄还在山阴下，反而比远处黑沉。谦作蓦然发觉，自己所住的大山已清晰投影在刚才所见景色中。影子的轮廓从中海移至陆地时，米子的市街顿时明亮起来。影子像曳网一样不停绕动，也像贴地而过的云影。大山是中国最高的山，有轮廓明晰的强劲线条，在平地上可以看到此山山

133

影，实在难能可贵。谦作为此深受感动。

——志贺直哉《暗夜行路》[1]

堀辰雄的作品《美丽的村庄》，描写人物被覆盖在大自然的阴影下，就像红色的橡实在叶间若隐若现的情景，是部奇特的小说。透过作者之眼所看见的一片精致而人工的自然，几乎形成了这部小说唯一的主题：

> 村庄的东北方有一座山岭。
>
> 古道上的冷杉和山毛榉郁郁苍苍地遮蔽了日光。古老的树干上，藤、山葡萄、木通等的蔓草错综复杂地盘桓伸展。我一开始会注意到蔓草的原因，是有一回被垂荡在冷杉枝头的藤花吓了一跳，然后才发现冷杉上盘结的藤蔓。藤蔓竟能长得如此茂密啊！被藤蔓缠绕的冷杉愈长愈粗之后，那些执拗的藤蔓就这么嵌进树皮里，使得这棵树看来被束缚得苦不堪言——我看着也不禁难受起来。

——堀辰雄《美丽的村庄》

1　李永炽译：《暗夜行路》，远景出版社，1992年。

梶井基次郎的小说也有许多相当出色的自然描写，之前引用过的小说《苍穹》就是其中之一。日本作家将自己深深埋没在大自然里的时候，笔下的自然描写自有象征层次上的高度，和西方文学中的人物描写具有相等的独立价值。日本式的自然描写和西欧自然主义式的自然描写完全不同，例如，武田泰淳在《在流人岛上》一书中描写狂暴的南海，让这部短篇小说整体上就像一幅奔放而奇诡的南画[1]：

　　我一边把滨兰的果实抛撒在岩石的前端，一边赶往妥莫欧地。那里已经是个草木不生的岩石地，绿色的果实高速落下后在岩石上弹起，又掉进岩场深险的缝隙里。上上下下的岩石，才见它龇牙咧嘴地横挡在前，忽而又是低平的岩块，好像一块一块弓着身子凑在一起，又像是别扭地纷纷拉开彼此的距离一样。毛沼的独木舟就藏在这片岩场的某个地方。越过几座大岩盘之后就来到了一片天然的岩场，那是与五郎、金次郎和为朝这些被流放至此地的罪犯，甚至岛民们来到这里之前，就已经形成的景观，是海底火山爆发时，

1　"南画"的称呼和地理上的南北无关，是中国"南宗画"的略称，但日本的"南画"和中国的"南宗画"在概念上则略有不同，它指的是明末以后经由长崎输入日本的中国绘画和理念，不重"写实"而重"写意"。著名的南画画家有与谢芜村、浦上玉堂、富冈铁斋等。

熔岩喷涌至此的遗迹。它们是和波浪一样自由的岩石，是被封在矿物形姿里的波浪。下到峡谷底部以后就看不见波涛了，只听得见海在数重岩壁之后心有不甘地低吼。濡湿的沙粒从指尖滑落成塔，还有被猫咬了一半的鼠尸，此外就是姿态各异的岩石聚落，以相当古典的方式高高低低地营造出一种自然的兴奋状态。

——武田泰淳《在流人岛上》

在这些小说里，自然描写比故事本身更决定了小说的价值，这和巴尔扎克为加乘故事效果而进行的自然描写在性质上是截然不同的。

接下来的问题就是自然描写和小说的关系了。小说毕竟是人的故事，它的生成过程原本就是反自然的，因此之前我提到日本的小说不像小说，反倒像诗，也和自然描写的这种特殊性有关。我在前面引用了若干人物描写的范例，相信读者可以从中察觉到，有些范例在描写人物时，就和描写自然没什么两样。相较于人类生活在时间上的持续、变化或破绽等动态的元素，大自然静态的象征元素给予日本作家更强烈的吸引力。我不认为这对小说来说是负面的，反而相信是因为这点的不同，而塑造了日本小说独特的韵味。

心理描写

　　从平安时代开始有了女性书写以来，心理描写一直是日本文学的强项之一，但现今所说的"心理描写"，在各方面与过去都大不相同。

　　日本作家倾向将心理、感情、情绪、氛围等视为风、雨等自然现象的延伸，这和法国古典主义文学把心理视为作者可以恣意操纵的独立物，且有其逻辑上的必然性的这种想法大异其趣。

　　话虽如此，尽管方法或有不同，人类的心理千古不变，甚至有四海共通之处。纵使观察的角度不同，日本古典文学对人心深渊的挖掘和法国古典文学——让·巴蒂斯特·拉辛[1]在戏剧中所挖掘的人性——并没有太大出入，只是对人性的理念不尽相同而已。

1　让·巴蒂斯特·拉辛（Jean Baptiste Racine, 1639—1699），法国剧作家。

即使不靠现代心理描写的手法，我们也可以借由研究江户时代的"人情本"之类的二流文学，例如从为永春水小说里的浪荡子的心理描写中，找到一些恒常的人性真理。然而现代小说的心理描写乃是出自更明确的意识倾向，使用的是全新的手法，它不像日本古典文学那样捕捉人类自然而微妙的情感，而是由欧洲现代文学发展出来的一种有意识探求人类内心的手法。

在欧洲，一般认为现代心理小说最好的典范是司汤达，可是日本对心理小说的认识混杂了三个不同的流派：伊藤整所引介如乔伊斯《尤利西斯》这类的盎格鲁—撒克逊式心理小说、延续法国文学传统的法国式心理小说，以及普鲁斯特自称受到柏格森哲学激发而发明的"立基在直觉上的心理主义文学"，陀思妥耶夫斯基的心理剖析小说或许也可以另外归为一类。

总之，对人心动向极其敏感的日本人，相当倾心西欧的各种心理小说，其中一个原因是，由于人类心理基本上大同小异，剥去了社会习俗的外衣，描写赤裸人性的心理小说，可以算是文化隔阂最少、最容易亲近的西方文学类型。

我自己相当喜欢雷蒙·拉迪盖的小说，他的作品属于前述四种心理小说中的第二种——"延续法国文学传统的法国式心理小说"，上承《克莱芙王妃》[1]《阿尔道夫》[2] 等一系列的心理小说，至今在佛兰西丝·莎岗[3] 的作品里仍然可以看到这个传统的足迹。

在同人志的小说常常可以看到第一人称的叙事里，夹杂着第三人称的描写，所以会出现诸如"我非常爱她。她对我并没有特别的感觉，因此在心里笑我傻"这种人称混淆的情况。作者的态度若不明确，小说就无法对人性心理做有效的分析。普鲁斯特著名的作品《追忆似水年华》，通篇是从"我"一个人的观点，再加上叙述者间接的知识描写而成，因此能够缔造出一个扎扎实实的、第一人称的心理世界。与上述相反的，如拉迪盖那一类的小说里面，作者则是站在神的位阶上，将人物像棋子般随心所欲地操弄。因此，心理描写约略可以分成"主观的心理描写"和"客观的心理描写"两种类型，前者的经典就是普鲁斯特，另外，卡夫卡的小说写活了人类对于未知／不可知事物的不安与恐惧，这种象征性的心理描写或许也可以算在主观的心理描写这一类。

1　《克莱芙王妃》（*La Princesse de Cleves*）为法国第一部历史小说，也是最早的小说作品之一。作者为法国作家拉斐特夫人（Madame de La Fayette，1634—1693）。

2　原书名为 *Adolphe*，1816 年出版，作者为本杰明·康斯坦（Benjamin Constant，1767—1830）。

3　佛兰西丝·莎岗（Francoise Sagan，1935—2004），法国小说家、剧作家。

我怀着刚才说的绵绵愁思，走进盖尔芒特公馆的大院，由于我心不在焉，竟没有看到迎面驶来的车辆，司机一声吼叫，我刚来得及急急让过一边，我连连后退，以致止不住撞到那些凿得粗糙不平的铺路石板上，石板后面是一个车库。然而，就在我恢复平静的时候，我的脚踩在一块比前面那块略低的铺路石板上，我沮丧的心情溘然而逝，在那种至福的感觉前烟消云散，就像在我生命的各个不同阶段，当我乘着车环绕着巴尔贝克兜风，看到那些我以为认出了的树木、看到马丹维尔的幢幢钟楼的时候，当我尝到浸泡在茶汤里的小马德莱娜点心的滋味，以及出现我提到过的其他许许多多感觉，仿佛凡德伊在最近的作品中加以综合的许多感觉的时候我所感受到的那种至福。如同我在品尝马德莱娜点心的时候那样，对命途的惴惴不安，心头的疑云统统被驱散了。刚才还在纠缠不清的关于我在文学上究竟有多少天分的问题，甚至关于文学的实在性问题全都神奇地撤走了。我还没有进行任何新的推想、找到点滴具有决定意义的论据，刚才还不可解决的难题已全然失去了它们的重要性。可是，这一回，我下定决心，绝不不求甚解，像那天品味茶泡马德莱娜点心时那样甘于不知其所以然。我刚感受到的至福实际上正是那次我吃马德莱娜点心的感觉，那时我没有当即寻根刨底。纯属物质的不同之处存在于它们所唤起的形象之中。一片深邃的苍穹使我眼花缭乱，清新而光彩艳艳的印象在我身前身后回旋飞舞。只是在品味马德莱娜点心的时候，为了攫住它们，我不敢挪动一下，致力于使它在我心中唤起的东西传达到我身上，这一次我却继续颠簸着，一只脚踩在高的那块石板上，另一只脚踩着低的那块，顾不得引起那一大群司机的哂笑了。每当我只是物质地重复踩出这一步的时候，它对我依然一无裨益。可是，倘若我能在忘却盖尔芒特府的下午聚会的同时，像这样踩着双脚找回我已曾有过体验的那种感觉的话，这种炫目而朦胧的幻象便重又在我身边轻轻飘拂，它仿佛在对我说："如果你还有劲儿，那就趁我经过把我抓住，并且努力解开我奉上的幸福之谜吧。"于是，我几乎立即把它认了出来，那是威尼斯，我为了描写它而花费的精力和那些所谓由我的记忆摄下的快照从来就没有对我说明过任何问题，而我从前在圣马可圣洗堂两块高低不平的石板上所经受到的感觉却把威尼斯还给了我，与这种感觉汇合一起的还有那天的其他各种不同的感觉，它们停留在自己的位置上，停留在一系列被遗忘的日子中，等待着，一次突如其来的巧合不容置辩地使它们脱颖而出。犹如小马德莱娜点心使我回忆起贡布雷。

——普鲁斯特《追忆似水年华》[1]

至于客观的心理描写，就仿佛作者站在天花板上对每个人物照 X 光，兴趣盎然地描绘他们的心理起伏。这种古典式的心理描写从以下拉迪盖的一小段作品里就看得到：

有天晚上，他们一起去看戏剧，按照惯例，在车上，方斯华依然坐在这对夫妇的中间，因为没坐好，想调整一下位子，于是便把手臂伸到玛欧的手臂下。他为自己不由自主地竟做出这样的举动吓了一下。之后他却不敢将手臂收回。玛欧知道这是个无心的动作，为了息事宁人，她亦不敢将手臂缩回。方斯华心中猜想着玛欧的细腻心

1　徐和瑾、周国强译：《追忆似水年华 VII》，联经出版社，1992 年。

思，但感觉不出有鼓舞之意，于是两人便这样痛苦地僵坐不动。

——雷蒙·拉迪盖《德·奥热尔伯爵的舞会》[1]

不过，最大的问题在于心理描写和感觉描写的分界在哪里。像拉迪盖这种把人分解成心理元素的小说毕竟是少数，而日本人——就像我之前提过的，倾向于把心理和官能或感觉的分界模糊化，甚至认为这才是一种文学上的礼仪。虽然精神分析学的知识已经证明，心理的背后还有更广大的无意识领域，也确实有些古典的心理描写涉及无意识领域，但是像普鲁斯特、乔伊斯等作家，无须假借庞大的无意识领域的力量，仍然可以有条有理分析心理层面的问题——这里可以看到最典型的西欧式心理描写的信仰。莫里亚克[2]（据说他曾经以拉辛为师）的心理小说里，随处可见精彩的心理描写，就连最阴暗的感觉或官能，也总是紧贴着心理的内面被描绘出来，这倒相当近似于日本人描写心理的手法了。

　　她把那些字和数字再读了一次。死亡。她一

1　王玲琇译：《德·奥热尔伯爵的舞会》，小知堂，2000 年。
2　弗朗索瓦·莫里亚克（Francois Mauriac，1885—1970），法国小说家，1952 年诺贝尔文学奖得主。

向害怕死亡。重要的是不要直接去正视死神的脸孔——只想立刻的、必要的动作——倒水，搅散药粉，一口吞下，闭起眼睛躺在床上，什么也不要想。为什么怕这种睡眠甚于其他的睡眠呢？她在发抖，那只是凌晨清冷的缘故罢。她下了楼，停在玛莉的房门口，乳妈的鼾音仿佛野兽的咕噜声。苔蕾丝把门推开了一点，逐渐明亮的光线从窗板间渗了进来，小铁床的床架在暗淡中露出白色。两只小拳头放在床单上，尚未定型的轮廓沉没在枕头里，过大的耳朵乃得自她的遗传。人家的话没有错，熟睡中的孩子实在长得跟她一模一样。"我就要走了——但是我的这一部分将留下来，完成它自己的命运，一点也不能省略。"趋势如此，血的法则——无可逃避的法则。苔蕾丝曾经读过绝望的女人，带着她的孩子一起走进坟墓。后来的人读到这种事，手里拿着的报纸不禁松落。这种事怎么可能呢？因为天性是个怪物，苔蕾丝知道这是可能的，但却是没有理由的……她跪了下来，轻轻地吻了一只小手。她意外地发觉眼眶里竟然濡湿着，几滴可怜的泪水从她内心深处滚落下来，一滴滴地烧着她的面颊，她本来是一向不曾哭过的！

她起身，多看了孩子一眼，然后走进卧室。

她倒了一杯水，扯破封漆，迟疑了片刻，不知道要选择哪一包毒药。

——弗朗索瓦·莫里亚克《苔蕾丝》[1]

我们平时可以从人的表情和神色去了解对方的内心，因为表情和神色有时比语言更清楚明白，语言无法道尽的心情，有时双眼就能讲明。小说若只局限在心理描述，就会变得通篇都在看人脸色，这是心理小说经常掉入的陷阱：一切都令人猜疑，一切都无法相信，人只能活在虚幻的臆测和不安当中，但在所有事物都相互龃龉之下，终于不免还是造成悲剧。拉辛悲剧的心理剖析基础，来自詹森教派[2]的信仰，倾向于强调人性本然的恶。心理主义文学必须致力从人性心理中找到一个足够支持人活下去的信念，在陀思妥耶夫斯基写全能的神与人之间相互争斗的小说里，或者在普鲁斯特唤起无意识的记忆时，皆可见到这份恩宠降临的那一瞬间。

有了电影之后，心理描写就成了小说效颦电影的伎俩，一些新手小说家不了解心理描写的毒性，往往当作装

1　张伯权译：《诺贝尔文学奖全集30》，远景出版社，1981年。

2　詹森教派（Jansenisme）或称"詹森主义"，是流行于17世纪的宗教思想，被天主教会视为异端。詹森教派否定人类意志的力量，主张人的罪恶使人不可避免地趋向腐败沉沦。

饰一样滥用而不自知。小说之中如果加上一些适当的心理描写，可以让整部小说顿时精彩起来，但只有真正了解心理描写的虚幻与可怕的人才能操纵自如。从这个意义上来看，拉迪盖或司汤达的小说虽然着眼于心理描写，却并非只停留在心理的层面，作者只追求合理的心理转折，可使人物有鲜明的形象，小说因此重拾它的故事性和行动力。拉迪盖小说里所蕴含的古典秩序和态度，点出了人类心理活动的确实性，因此他的描写可说是把人类纯化，将人们从心理分析的泥沼中拯救了出来。在拉迪盖的作品里，心理描写恰好是它自身的反证，它对无论如何不可知的人性宣扬了理性的胜利。就我自己的经验而言，在我还是个文艺青年的时代，因为不懂这些，写出来的心理描写个个落入不可自拔的泥沼当中，有时甚至毁了小说的结构。所以我们在阅读小说的时候，千万不可以把心理描写视作一种装饰性的趣味，但悲哀的是，现今的读者喜欢小说有一定的行动性，而且似乎也格外偏爱甘甜好入口的心理描写。

行动描写

心理描写是文学的特技，行动描写却不是。电影出现之后，它就成了最方便刻画人类活动的媒体。过去在叙事诗的时代里，作家曾经以文学描述人的行动，透过诗的韵律、各种装饰性的修辞或类型化的技巧对行动进行大篇幅的描述，却绝少去深究行动内在的本质，因此终究只能看成文学在先天限制当中的大鸣大放而已。

语言跟随在行动之后。叙事诗人在事件结束之后发声，以辞藻雕刻下这个瞬息即逝的行动以传后世，仿佛遗世而独立的作者。行动就在叙述当中被无意识地类型化，严格来说已经不存在所谓个人的行动，因为在叙事诗人的叙述当中，是没有所谓个人行动的。

最后两支军队遭遇了，盾和盾，矛和矛，铜甲战士对铜甲战士，互拼起来，盾心的浮雕相碰，发出巨大的怒吼。垂死者的惨鸣和杀人者的欢呼相应和，鲜血洒在地上。像冬天两条水量充沛的涧溪，汇合起来注入深谷中的潭里，牧人在远处山上可以听见它们的轰隆声。两支军队互搏，就发生这样的骚动和喧哗。

——荷马《伊利亚围城记》[1]

两人（译注：栗生、筱冢）毫不费力地将两座舍利塔抬到了壕沟边上，骄傲地说："人称异国的乌获、樊哙，还有本邦的和泉小次郎、朝夷奈三郎皆是举世无双的大力士，可我俩更胜一筹。如果有人认为我在说空话，尽管上前来较量较量。"说着便将两座舍利塔往对岸的方向推倒。两座舍利塔并排着横跨在壕沟上，就像京城四条、五条的大桥一样。畑六郎左卫门和亘理新左卫门站在一旁观看，向两人打趣道："两位造桥铺路的辛苦了！接下来的征战就交给我们吧！"说罢，畑与亘理在舍利塔上大踏步踱到对岸，拆了敌军的围栅，直闯门关。守门的兵卒从三面袭来，数不清的长枪对着两人直刺，但亘理新左卫门一个

1　曹鸿昭译：《伊利亚围城记》，联经出版社，1985 年。

人就扳倒了十六把。畑六郎左卫门见状，高喊道："亘理，让开！我来冲破这道墙，让我军能大举进攻。"说罢便抬起右脚，对准门闩用力踹了两三下。由于力道强劲，两根八九寸长的门闩拦腰折断，大门的门扉和梁框也应声倒地，五百多个守门的士兵见到这景象纷纷鸟兽散了。

——《太平记》第十五卷

以一个第三者的角度站在行动之外观察，将行为者自身无法得知的资讯表现出来，打从一开始行动与资讯分道扬镳之处，叙事诗便成立了。就本质上而言，这和心理描写以文字反映作者内心的心理，并且往往流于自我告解的形态是大不相同的。"行动"和"行动描写"是两个世界的两码事。比如说，你举起长矛在场上起跑、伸直手臂把长矛高高地掷向天空，当你看着长矛如你所预期地插入目标地的草坪时，依然会禁不住感动得发抖。你丢出了一支长矛——是的，这是凭你自己的意志与紧绷的神经所完成的一项行为，为了完成这项行为，你的体态想必也是经过了高度精准的训练，但行为者却无法对自己的行动进行任何分析。行为就在刹那间结束，能量消耗之后，一切也随之在时间当中消散，只有记录留存。可是假使这里有另外一个人，他的作为仅仅是仔细观察掷矛者的姿态，尽量避免去想象掷矛者心里在想着什么——既然掷矛的人自己都不清楚当下的感觉，第三者自然没有理由会知道。行动的体验本身会随着时间消逝，但是行动者势在必得的眼神、优美的体态、收放自如的力度和满足的微笑等，都在此人的捕捉之下，连同周围观众的疯狂和破记录那一瞬间的感动都被记载下来。

行动描写就是这么回事。它来自文学最原始的职能——做记录以得到传达与流传，也注定只能记录而已。记录者就算想要深入掷矛者的内心，也必定徒劳无功，读过之前荷马和日本的军记物语之后，各位一定也看得出来，人类的行动毕竟只有几种模式，并且是多么地稍纵即逝。

行动描写大概是文学中作者最不拿手的领域了，可是这乍看之下单纯无比的写法，却成了将文学从心理的泥沼中拯救出来的良药。读过安德烈·马尔罗[1]小说的人，想必能感觉到现代的行动文学，尽管不同于古代的叙事诗，却同样把"行动"这个人之所以为人的重要因素摆在中心。森鸥外是日本作家当中相当擅长描写行动之人，他有洁癖，重理性，因此对钻研人内心世界的怀疑主义嗤之以鼻，反而对封建时代武士在行动上的纯粹感到心醉，所以

---

1 安德烈·马尔罗（André Malraux, 1901—1976），法国著名作家，曾获得龚古尔文学奖、诺贝尔文学奖提名，并曾任戴高乐时代的文化部长。

写了《阿部一族》这类的作品。他的《涩江抽斋》表面上无聊至极，净是絮絮叨叨的日常琐事编年记，却会在某个瞬间爆开火花般的行动，让读者看到人的能量从平凡的日常当中，瞬间迸发出来的生命经验。

　　三位来客把手放在刀柄上站了起来。抽斋坐在这四张半榻榻米大的房间边上，一边紧盯着三位来客的动静，一边看了一眼房门的开口，突然惊觉到了妻子五百的异样。

　　五百赤裸的身上只缠着一条腰布，嘴里衔着匕首，她正在门边弯着身子去取边廊上的两只小桶子，桶子里冒着热气。当她悄悄地回到房门口打开门后，便将两只桶子搁在地板上。

　　五百提起桶子靠近了一步，背对着丈夫。接着，她将盛着沸水的桶子往左右两名来客身上一丢，就取下嘴里衔着的匕首、退下刀鞘，瞪着站在壁龛前的来客大叫了一声："窃贼!"

　　被泼了热水的两个人连刀也没拔，就争先恐后地从房间逃到边廊，再从边廊逃进院子里了，留下的那人也跟着飞奔了出去。

——森鸥外《涩江抽斋》

这一小段文章精彩描绘了贤妻五百在激发出封建女性强烈意志力的瞬间，没有多余的修饰、不多做说明，只凭着行动描写就突显了整部小说的重要主题。

到了现今这个连战争都可以用一个按钮解决的时代，值得描写的活动大概就只剩下体育了。偏偏描写运动是难事中的难事，因为运动乃是艺术化的行动，那是人类修炼原始肉体能力的结果。在过去，则是在社会的目的意识之下，将原本用在战争、斗争中的能量抽象化后演变而来的。根据河上彻太郎的说法，运动需要不断地练习，而乐趣也就蕴藏在这个持续不断的过程里，是以运动和艺术这种一次性、无法重来的行为有着根本上的矛盾，致使运动几乎不可能有艺术上的表现——这真是至理名言，照这么说的话，我们读过的那些运动小说根本是粗制滥造品。假使我们要写运动，顶多只能写写运动员的心境，根本无法描述运动本身。田中英光的《奥林帕斯的果实》刻画了一名奥林匹克运动员的心情，但对于运动本身则什么也没谈。在大家都沉迷收看电视转播职业棒球赛的今天，运动已经被当成一种可以观赏的事物而不是去做的活动，因此也蹦出了一些把运动当成观赏对象的小说。不过，所谓把运动当成观赏对象的小说，无非是行动艺术化的再艺术化，就像一出戏只描写舞台，什么看头也没有，更别提真正的感动了。

语法与文章技巧

首先来看人称。小说的写法若不是以第一人称的观点书写，就是以第三人称，不过最近法国有一派所谓"反小说"，作品里面也出现了第二人称写的小说，但这是特例，小说毕竟还是以第一人称和第三人称为主。第二人称的小说听来新颖，可是以往的书信体小说其实就算是一种第二人称的小说了。最适合写小说的人称是第三人称——第一人称用来写日记，第二人称用来写信，可是用第三人称写的文章，既非日记，也不是书信，而必须是部作品。日文中的"私小说"常被拿来和德文的"第一人称小说"（Ich-Roman）相互诠释，但两者在性质上根本上是不同的。德国的第一人称小说是"成长小说"（Bildungsroman）的形式之一，最主要的元素就是"我"的成长历程，然而日本的私小说并不拘泥在个人的成长故事。私小说描写的是"我"静态的所见所感，"我"的目光愈犀利，感受愈敏锐，小说的世界就会愈局限在自我的范畴里。私小说虽然不谈成长故事，但就如伊藤整对私小说详尽的说明所言，私小说将人生演技化，作者的心灵和人生的界限趋于模糊，甚至可以为了小说毁掉自己的人生。不过由于日本私小说的传统已经根深蒂固，它不仅仅影响了作家的精神态度，更深入浸透到文学技法里，以我自己而言，明明知道用"他"还是用"我"来作为小说的主角，对读者而言并没有太大差别，但实际上用"他"作为主语，总觉得文章多少有些轻浮，以"我"来写的话，文章似乎就变得沉稳，足见小说中的约定俗成是多么深刻地束缚着作家。

日文习惯将人称省略，例如《源氏物语》里头就有很多地方的主语暧昧不明，而私小说的主语一旦定调成"我"，接下来几乎可以完全省略掉主语，也不必担心造成读者的混淆。同样，换成了"他"也可以一路省略掉，这种简洁的文章技法，让"他"与"我"在无形中相互混淆，牺牲小说中的社会关系和群我分际，而产生让小说潜移默化进入读者心灵世界的效果。

急急地洗完脸后进入房间，房间已经被打扫得干干净净。纯一的眼睛很快地被搁置在桌上的日记所吸引。与昨日的亲身遭遇相比，要如何将来龙去脉记录在日记里头的想法更为急迫。记忆

154

唤起记忆。纯一被一种不安感笼罩，这是因为昨夜对于昨日之事的事后心理分析仍有所不足，感觉上会因此而误导全盘判断。以昨夜的想法和今早的思路来探讨同一事件竟各呈不同风貌。

昨晚所发生的事不仅仅只是昨晚的事罢了，之后又会变得如何？扪心自问，自己的确是毫无爱意。不过，夫人对自己的吸引力还存不存在倒是值得怀疑。难道是因为有种疟疾病患发作完后的舒畅感，所以才会觉得一切已成明日黄花？另外，自己难道不想再看到那谜样的双眼？甚至感觉上与昨夜通宵后的心理状态不同，那双眼眸的魔力多多少少还发挥着作用一般。

——森鸥外《青年》[1]

从森鸥外那里，首先我学会了在写小说时尽量省略掉人称，其次又学到了使用拟声拟态语要有节制。一般而言，关西人在日常会话中用到这类语汇比东京人多许多。

他一脸茫然地回到家，蝶子突然抓住他的领子把他推倒，坐在他身上用力勒紧了脖子。

1　许时嘉译：《青年》，小知堂，2001年。

"我……我……我……喘不过气了，老……老太婆，你干什么！"柳吉的脚啪嗒啪嗒地乱踢，蝶子这次则是下定决心要给他一点颜色看了，脖子勒紧了再勒紧，一下拳头一下踢腿，直到柳吉哀号着求饶，蝶子还是牢牢地不肯放手。她看到柳吉因为妹妹招了一个入赘婿就灰心丧志，心里倒没生气，只觉得这男人可怜，因此她的责打其实是充满疼惜的。柳吉逮到了机会，哀哀叫了两声往楼下逃，转了一圈之后发现没地方躲，就把自己关进厕所里了。

——织田作之助《夫妇善哉》

拟声拟态语使日常会话充满生趣，但它在加强表达能力的同时，不免也使表达趋向类型化和流俗化。森鸥外就很不喜欢这种效果，他的作品堪称是拟声拟态语用得最少的。大众小说里至今仍然常用"是吗？啊哈哈哈……"这种实在幼稚的词，可是现在看来已经无人在意了——小学生的作文就很喜欢用这种写法："玄关的门铃叮当叮当地响起来了""开场的铃声丁零零地响起之后，戏剧就开演了"。

拟声拟态语的首要特征是它毫无抽象性可言，除了把事物原原本本地传达到人耳里的功能以外，它是失去了语言功能的堕落形态。若和抽象语词混在一起使用，反而会损毁了语言的抽象性；若滥用失度的话，甚至危及作品世界的独立性。拟声拟态语在小孩的文章和女性的文章里被广泛使用，但是也有些女性作家能够借着善用它，传达出女性独特的感性世界。

锯山的唠唠叨叨当中夹杂着胜代嘎嘎嘎的噪音，像是不情不愿地被锥子在后头戳着赶进栅栏里的猪。锯山的焦躁愈演愈烈——这是意料中的事，接下来恐怕巡察这个预料中的来客就进来了。玄关顿时"咻"地一下子沸腾了，而后又再一次滚沸，形成男人、男人、胜代，三个人短促而刺耳的断奏曲。

梨花因为忍受不了胜代的噪音，拿了水桶和扫帚借口打扫逃到二楼去了。她压根忘了主人不久前才吩咐，今晚有住宿的客人，乒乒乓乓地清扫起天窗来，又顺手把向着马路的四张拉门也啪哒啪哒拍个干净了。忙完之后打开门——这又是怎么回事？对面人家的大门和后门边上都围着一群穿西装的男人，这些人骑来的脚踏车在大路上声势浩大地停了一排。

——幸田文《流》

拟声拟态语可以说是女性为了传达自己所见所感的真实性，而不得已为之的粗暴表达方式，可是当它出现在幸田文充满特色的文体当中时，却一点也不显得突兀，反而让人亲身感受到了幸田文本人温暖的气息。不过就文章而言，能够令人感受到作者本人温暖的文章，这样是否就算好文章，尚有置疑的余地，但幸田文想必对每一个拟声拟态语都用心讲究过，绝不会轻易写出"玄关的门铃叮当叮当地响起来了"这种句子。

拟声拟态语可说是各民族儿时体验的积累。日本的猫叫声是"nya"，西方的猫叫声是"meow"，把"meow"翻译成"nya"的时候，我们就已经将其他民族的幼时体验转化成自己民族的幼时体验。也因此，频繁出现拟声拟态语的翻译，乍看之下虽然十分容易亲近，却称不上是上乘的翻译。

接下来谈形容词的问题。形容词是文章当中折旧最快的，因为它和作家的感受能力及个性的关系最密切。森鸥外的文章之所以常青，正是因为他对形容词的使用相当节制。可是，形容词毕竟是文学里的繁花和青春，少了形容词就写不出绚丽缤纷的文体。和形容词类似的还有"像""仿佛"这些语词所连接的比喻，冈本加乃子的文章就是形容词和比喻盛放的花圃。

斜坡两旁又黑又壮的老树像是一道钢铁般的廊门，枝头上满是浅黄色的嫩叶。当桂子走上斜坡时，她突然想起了戈贡佐拉芝士——那在脂肪腐化后沿着裂纹生出的霉斑，绿得多么妖艳哪！桂子不禁相信这个世界上一定存在着实际上看不到也无法定位的美。

桂子孤单地走着走着，突然升起一股欲望，想要一些像芝士一样强烈而浓厚的东西。她突然觉得那个在讲习所上课、招待千子这些学生喝茶的时候，用麦落雁这种枯淡的茶点将就了事的自己，好像是另外一个人。难道是因为到了国外，连口味都被同化了？

雨停了，黑玫瑰色的天光呈漏斗形流泻而下，零零落落的灌木围篱突然冒出了胶质般强烈的草腥味。桂子看见荆棘生出了针状的新芽，颜色和姿态都像婴儿般娇巧，觉得可爱无比。

——冈本加乃子《花之坚劲》

我们对翻译文章那种一个名词伴随诸多形容词和从句的文体已经逐渐习以为常。从"温柔美丽的人"这样单纯的日文，扩展到诸如"那是一个何等纠心、阴惨又没来由地吸引目光，来自黑暗、眩惑的情感深处却有着唤醒人的魔力的，怪异又荒寥的风景"这种形容词和从句接二连三的复杂构句，都已经成了日文的一部分。后者那一类的文体在新手作家的小说中早已不足为奇。这种写法最极端的表现就是普鲁斯特的文章。且看看普鲁斯特如何描写光线在祖母房间中移动的微妙变化：

外祖母的房间与我的房间不一样，不直接面对大海，而且从三个不同角度采光：海堤的一角，一个内院，田野。这房间内的器物也与我的房间不同，有上面绣着金银丝线和粉红色花朵的沙发。一走进去便闻到的那种清新芬芳，似乎从那玫瑰色的花朵上散发出来。我更衣出去散步之前，穿过这个房间。这时，从南面进来的光线，与不同时刻进来的光线一样，折断了墙角，在海滩的反光旁，将绚丽多彩的临时祭坛安放在五屉柜上，似乎放上了小径上盛开的鲜花；光线那收拢、颤抖又温暖的双翼挂在墙壁上，随时准备重新飞起。那光线像洗浴一般，晒热了小院一侧窗旁一方外省地毯，阳光如葡萄藤一般装点着小院，为小院的美丽动人、丰富多彩又加上动态的装饰，好似将沙发上那绣花丝绸一层层剥下，并将其金银丝

边——取下一般。这个房间有如一面棱镜，外面
光线的七色在这里分解；有如蜂巢，我就要品尝
的白昼的津液在这里溶解，散开，芳香醉人，看
得见，摸得着；有如希望之圆，溶成怦然跳动的
银光和玫瑰花瓣。

——普鲁斯特《追忆似水年华》[1]

接下来……"接下来"这种说法和"另外""再说"
或者"其实""不管怎么样"这些语词一样，用在段落起
头时，可以因为它们的口语语气，使文章增加亲切感，却
也会因此失去了文章的格调。大冈升平几乎完全不在段落
开头的地方使用这些语词，反而让主语打头阵，呈现清楚
明确的效果。这里就随意取大冈升平《俘虏记》里的几页
为证，逐一检视每个段落开头的词语为何：

"名誉心……"

"例如……"

"众所周知……"

"增田伍长……"

"但是……"

1　桂裕芳、袁树仁译：《追忆似水年华 II》，联经出版社，1992 年。

"今天，许多的……"

"有一个俘虏……"

"一月二十四日……"

"就人而言……"

"就战场上的事实而言……"

"他……"

"他的分队……"

"据增田伍长说……"

"另外……"

翻过了整整四页，才看见一个"另外……"起头的段落，这就可以看出，作者是多么刻意在避免口语的用词了。

第八章

结语　现实中的文章

我是一个小说家。我坐在桌前，就像一个将空气中的氢气与氧气化合起来，以制作出某种药品的人一样，我也在一无所见的空气中汲取某些元素，将它们固定在文章里。尽管我持续从事这项工作已经十多年了，技巧上仍然时而熟练，时而生疏，有时写来轻松愉快，有时窒碍难行。一边受到各种肉体上、精神上的状况所牵制，一边遭受各式各样的文学理论、梦境，乃至现实的多方胁迫，要求我在每一行文字里满足诸多艺术上、社会上、历史上的要求，这一切都让我的笔停滞不前。

　　外行人向我提问的一个问题：你写作的速度如何？这个世界上有一个月写一千张稿纸的作家，也有一个月写不到三十张稿纸的；有人可以一个晚上写足一百张稿纸，也有人写不到一张。已故的神西清先生曾经受邀写一篇不到两千字的文章，却足足花了好几年才写成。我的情况是，

165

平均而言，每个月不超过一百张稿纸。这一百张稿纸里头，有杂文、小说，也有戏剧，下笔的速度也不一而足，从这一百张稿纸里头来算出写作的平均速度并没有多大意义。有时像疯了似的思潮汹涌，可以一个晚上写完十几张稿纸，有的时候则枯坐一个晚上，也写不出半点东西来。写得多或少并不是一个作家值得拿来自夸之事。谷崎润一郎《盲目物语》这部总计两百数十张稿纸的小说，是作者把自己关在高野山上，以一天仅仅一两张稿纸的进度写出来的，由此可见，谷崎表面上流畅无碍的文笔，其实是如何苦心经营的成果。

文章奇特的地方在于，匆匆写就的文章不一定紧凑，而节拍紧凑的文章往往是长时间苦心经营的结果。关键在于密度和节奏——文章写得快，密度就疏松，读者读起来也就没有紧凑感；慢慢写的话，文章当然相对压缩，读起来就有强烈的张力。

我所见过节奏最快、最紧凑的文章是让·科克托[1]的《骗子托玛》以及《一字开》，这两部作品紧凑的节奏，即便经过了翻译仍然清楚可感。日本文学的话，之前引用过的《涩江抽斋》或许可算是快节奏的代表。

1　让·科克托（Jean Cocteau，1889—1963），法国诗人，并身兼小说家、评论家、剧作家、画家、设计家和电影导演等多重身份。

星星和白光灿灿的照明弹镂刻出这冰凉的夜晚。吉庸第一次发现了自己的孤独。最后一幕已经上演，这一幕带着一些童话色彩。吉庸毕竟是陷入爱河里了。

他决定不绕路，直接沿着最前线的掩体一路到达了埋坑的地方。从这里开始就得用爬了。他和布维耶在伪装成红土色葡萄前进的操练上一向是非常杰出的。

前进几公尺后，就有一具尸体横挡住他的去路。

一个灵魂没来由地匆匆将这具肉体弃了而去。他以好奇又冷静的眼光仔细地审视了这具尸体。

当他再往前进时，又遇到了别的尸体。这一个是被折磨死的，他的领子、鞋子、领带和衬衫就像醉汉脱下的衣服一样散置一地。

四肢沾满泥泞让爬行变得困难，有时仿佛行走在天鹅绒上，有时又像保姆热烈的亲吻，把你留在原地。

吉庸时而停下、等待，然后再往前进。他在这里必须铆足了全力求生。

他无暇去思索安利耶德或是鲍尔门夫人的事，但鲍尔门夫人的身影就这么出其不意地在他心底浮现。

壕沟的这一边已经因为水雷炸过面目全非。尽管如此，他仍然记得四五天前夫人在这里向他倾吐胸中悸动的情景。

——无论如何，只能说我们的运气够好。他心想。大家都以为这个防御区安全无事，只有公爵夫人比我们更早感知到了将来的危机。夫人可说是预见了这个壕沟的毁灭。

——让·科克托《骗子托玛》

我从不回头对文章做修改。写出来的每一篇文章，都真实呈现我在不同年代里各种不一样的所思所感，因此，时过境迁后再加以修正是不可能的。对我来说，推敲就是在每一张稿纸里一决胜负，然后将文章合宜地誊写在稿纸上，如果密度恰当又没有暧昧不清的地方，就可以往下一张稿纸迈进。

从前只写短篇小说的时候，我对文章里即便只有一行平庸的文字都会感到极度不快，后来终于体认到，这对一名小说家来说不过是个无聊的洁癖。如何让凡庸显现出美，并且融入整体作品当中，才是小说这个大开大合的工作之要务。如果是从前的我，大概很难不杂糅了自己的感觉，简洁单纯地写出"月亮升上来，屋顶的遮阳板也明亮起来，两人走出门去散步"这样的句子，一定非得对月亮多加形容，对遮阳板的光线、独特的色调添油加醋一番才肯罢休。如今我已不再在形容词上下功夫，反而热衷为文章做裁剪，但也要小心断句过多会让文章变得难以下咽。另外，我也会注意文章看起来是否太个性化，因为太过个性化的文章会吸引读者只看表面，反而无法关注故事本身。

我还格外小心同一个用词是否每隔两三行就重复出现，所以若是刚刚写了"生病"，下一个地方就改用"抱恙"这个词。古代中国的对句也给我很深的影响，比方原本想表达"她轻蔑理智"的地方，我喜欢加上对偶写成"她看重感情、轻蔑理智"，这就像是对领带的个人偏好一样，改也改不掉。

有时我为了能简明扼要地描写行动，会在那之前铺陈冗长的心理或风景描写。文章的琢磨会因应各式各样的目的而有不同的形式，但对我来说，维持一贯的节奏乃是唯一无可妥协的坚持。节奏不一定非得是七五调，借着语词细微的调整，就可以排除掉阻碍节奏流动的小石子。当然也有蓄意撒石子、存心造成文章磕磕绊绊的手法，但我宁可试着变动小石子的位置，让水流发生有趣的变化。西田几多郎的文章里因为融合了汉字与德文，这种融合所产生的节奏，在我听来就像久远以前的乐音，令人怀念。据说德利尔·亚当的作品会令人联想到瓦格纳的音乐。我虽然认为文章在视觉上的美感相当重要，但往往更容易将我打动的，是文章当中某种厚重的节奏感。但话说回来，瓦格纳式的文体显然不是我想学就能学得来的。

重读几天前写的文章，我发现自己在肉体上、精神上极端亢奋时所写的文字里，洋溢着无法重现的热情。写长篇小说的时候，最痛苦的就是心情明明已经降温，却还要接着之前热情洋溢的文字继续写下去。不过宏观来看，人内心的节奏在无意识底下仍然持续着，因此就算文字表面上有巨大的起伏、有细腻和粗糙的分别，回头再读时就会发现，其实全都在同一个节奏里。或许只要作品写得够长，这作品所有的节奏终究会成为自己的一部分。

有时小说才写到中途，我便回头去重读文章，然后把一些频繁出现过去式的地方改成现在式。在过去式接连出现的地方，突然插入几个现在式的时态，就可以轻松改变文章的节奏，这是日语的一项特权。因为除了倒置法以外，日语的动词总是出现在句子的最末尾，因此过去式接连出现的时候，就很容易一迭声全是过去式的语尾，所以需要适度地安插进几个现在式的句子。

我在写《潮骚》的时候，不时会用"……であった"[1]做结尾，这个语尾加强了故事的氛围。不过，这种用法若是过度出现在写实的小说里，反而会让内容显得滥情。有段时间，我因为喜爱堀口大学翻译的拉迪盖小说，开口闭口都炮制它悲观的语气，如今想起来十分汗颜。

我也曾和大冈升平提过，"他"的故事好写，"她"的故事却难写，因为"她"这个词在日语中还未完全成熟，所以当"她"在小说里排山倒海来的时候，往往让我皱眉头。

小说里有女性角色登场的时候，我总是一而再，再而三地直称其名，尽全力避免用到"她"这个代名词。附带一提，这种用词上的好恶相当个人，在小说以外的随笔文章当中，我就非常不喜欢用"ぼく"[2]来自称。"ぼく"这个字眼里伴随着的日常会话般不经心的感觉，以及刻意炫示年轻的意味，都会损害文章的格调。我不认为"ぼく"是一个适合在公众面前使用的词汇，它只适合在日常会话里流通。

我们对词语的感觉自然也会因为文章的属性不同而有

1 有加强语气意思的过去式助动词。
2 "仆"（ぼく）是男性自称"我"的人称代名词，用于非正式场合。一般来说，地位较高、年龄稍长的男性不会主动使用这种自称。无分男女的第一人称是"私"（わたし），也是较为正式的说法，三岛在本书中自称"我"的时候用的就是"わたし"。

变化。例如，我不喜欢在小说里提到电影明星的名字——今日红极一时的玛丽莲·梦露在十年之后还会有谁记得呢？即便我的文章来年就不值一文，但创作的时候，若不想着十年流芳的愿景，如何还有书写的乐趣呢？假如我在文章里写，"像玛丽莲·梦露那样的女人"，恐怕十年之后已经没有人清楚"玛丽莲·梦露"所代表的意涵，也没人看得懂这句话的意思了。不过，这个洁癖只能在小说或戏剧创作里贯彻，要是在随笔、手记等杂文当中都不准提到电影明星的名字，恐怕是强人所难。

我是一个小说家，对于评论、随笔这些小说以外的文类难免就比较随便，荤素不忌，有时甚至刻意调笑，不像写小说时那样坚持自己的好恶与洁癖，但同时我也要求自己必须逻辑清楚，然后用一些流俗、不正经的表达方式来缓和文章当中生硬的道理。

我虽然是以这样的坚持在创作，但是仍然会对自己过去的作品感到不甚满意，明年再看现在这篇文章的时候，大概也会觉得不满意吧。要说这是不断在进步的证明，也未免太过乐天，有些看不清自己的人往往就在不满意中停滞，甚至退步。对文章的喜好会不断在改变，但没人能保证，改变一定会从坏的喜好转变成良性的喜好。既然要创作，写出自己现在觉得最好的文章才是最重要的。

或许有人会说，这是一种中产阶级的脾性，但我仍然主张格调与气质才是文章的至高目标。我尊敬有格调、有气质的文章，即使它的立场与我相左。我在看当代作家的时候，同样是依着自己顽固的好恶，做出与一般评价截然两样的看法。在日语的内容逐渐增多，模样也日益驳杂的今天，在流氓的语言和绅士的语言可以混淆不清，而娼妇的语言和闺秀的语言也已经无所区隔的时代里，要求文章要有格调、气质或许已经不合时宜，然而我相信，持续谈论"格调、气质"这些很难一语道尽的理想，或许有一天会像在黑暗中逐渐清晰的眼睛，给后世的人们看见光亮。

说得具体一些，文章的格调和气质完全由古典的造诣而生。古典的美与素朴无论在任何时代都能打动人心，就算是包罗万象、人事纷杂的现代文章，要能不受当今的怪象扭曲，都必须在某些方面依赖古典以克服乱象。如果文章的最终理想是借由文体来抓住浮表的现象，那么气质和格调毕竟仍是文章最终极的理想。

附录 关于文章的 Q&A

一、怎样的文章能令人陶醉?

一滴颜料的注入,在他来说,并非轻而易举的手艺;每刺一针或拔一针,都使他深深喘了一口气,浑若刺到了自己的心。针刺的痕迹,渐渐地已具备了一只巨大女郎蜘蛛的形象,到夜幕再度泛起鱼白色的时分,这带有不可思议的恶性的动物,已伸展了八只脚,蟠绕在背部的全面。

春之夜,在上下河船的橹声中露出了熹微的光线;从初现于孕育着晨风顺流而下的白帆顶端的霞光中,箱崎、中洲、灵岸岛家家户户的屋瓦闪烁作光的时刻,清吉终于搁置了画笔,两眼盯住刺在姑娘背部的蜘蛛。只有这一回的刺青,才能算是他的生命的全部。但完成了这一个工作之后，他的一颗心却感到空虚。

——谷崎润一郎《刺青》[1]

谷崎润一郎早期的文章着实令人陶醉。那里头有上等的醇酒香，让人目眩神驰，像吃了麻药般远离现实与理性。

所谓文章，就算再怎么讲究理性，也或多或少具有令人陶醉的作用，我们甚至可以醉倒在哲学家的文章里。只不过，醉人的酒也有劣质和上等的分别，酒当中也有甜口、辣口的分类，层次低点的读者就"醉"在低级的酒中，高级的读者"醉"在高级的酒中。吸引不了你的文章也有可能让人醉倒。不过，毕竟文章不是酒精，没有四海皆通的醉人要素。

二、情欲的描写可以深入到什么地步？

《查泰莱夫人的情人》对情欲写实的描绘曾引起轩然大波，最后吃上官司成了禁书。其实劳伦斯这本书不是为了性行为而写，不过是把性的描写当作一种思想传达的手

---

1 杨梦周译：《日本名家小说选》，联合报社，1986 年。

段。随手翻翻同人志，一定可以看到更多既猥亵又蹩脚的性交桥段。河上彻太郎说，性行为和运动是一样的，一回生、两回熟，熟练之后就能找出乐趣；性和运动的这种共同特性不太可能在文章当中传达出来，不过这段话真是至理名言，世上并不存在描写"性行为"的好文章，这和我在谈行动描写时说的是一样的原理。

先代梅幸走上舞台的一个隔间，和男人睡了一觉再走出来时腰带的系法变了，这是性行为的艺术性暗示。具体的性交描写反而一点不会让人觉得猥亵，从文学中得到的色情感受，基本上是经过大脑和理智处理，本质是属于观念上的；我们并不是从文章当中直接感受到色情，而是观念上接受性的刺激，是一种主体并不参与其中，只在官能上受到刺激的状态，就如萨特定义的，以躲在洞眼后头偷窥他人性交为乐就是种猥亵，文章描写得愈抽象就愈接近猥亵，德拉克洛[1]写的抽象小说《危险关系》，恰恰证明了这则真理。

因此，法律和民众如果稍微聪明一点的话，就应该在处罚《查泰莱夫人的情人》之前，先办了《危险关系》才对。只不过，后者的猥亵是需要高度知性做媒介的猥亵，不具普遍性而已。

1　皮埃尔·肖代洛·德拉克洛（Pierre Choderlos de Laclos，1741—1803），法国小说家、军官。

三、什么叫"文如其人"？

这句古老的格言最终会成为真理。我曾经在《论川端康成》里提到，作家的文章和作品在不知不觉间会愈来愈和作家的生活相互呼应，瓦莱里也有一句名言说，作家才是作品制造出来的成果。因此，当文章和作者互为表里时，才称得上真文章，若是段数太低，无论如何没法"文如其人"。可是在一般人的眼里，再庸俗的人写的文章看起来也有声有色，仿佛语言是任谁都能自在使得似的。

四、文章是否会受到生活环境所左右？

本书的目的就是要告诉你，文章是需要长时间的磨炼和专业训练才能成就。人无法在行动的当下进行书写，文章总是在行动之后完成。我们的生活环境日渐受机械化的现代生活所包围，因此很容易产生粗鄙的文章——读一读新闻记者写的文章就知道了。但重要的不是文章会不会受到生活环境左右的问题，而是在于写文章的决心和理想。如果一个人对文章有真正的理想和高尚的品位，那么即便利用的是做家事的空当，或是忙碌工作的空闲，最后的作品都不会受到生活环境影响。也正因为如此，我对于社会上有部分风气把文章区分出所谓"劳动人民的文章""生产者的文章"这类阶级区别，然后大加赞誉的做法相当反感。

五、有没有把动物描写得很好的文章?

我相信任何人听到这个问题，都会回答是志贺直哉的《在城崎的时候》:

> 暮色渐浓，我走着走着，前面仍然有转弯。我决定要回去了。无意中视线移向路这边的河面，水中露出半个榻榻米大的石头，石上一只黑黑小小的东西，细瞧，原来是蝾螈。身子濡湿的，色泽很好，它凝然不动地面临流水，身上的水滴下来，干而黑的石头有一点被弄湿。我不知不觉地蹲下来看。我一向不讨厌蝾螈。蜥蜴有一点喜欢，壁虎则是虫类中最不喜欢的了，蝾螈呢，不讨厌，但也没有好感。十年前在芦湖时，常常看见蝾螈聚集在旅馆水沟的出口处，我曾想自己若

是蝾螈，但真受不了，假若错生成蝾螈，感觉又是如何？因为看到了蝾螈才想起了这些。我不想看它了，想惊吓它一下，使它躲进水里，我想象它笨拙地摇摆着身子爬行的样子。于是我就那么蹲着，捡起身旁一颗小球儿似的石头，顺手一抛，我并没有瞄准蝾螈，我没有想到会打中它，像我这样拙手的人，纵然瞄准了也打不中，石头咔嗒一声落进河里，与石音响起的同时，只见蝾螈向旁边跳过去约四寸远，尾巴反张地翘起来。怎么搞的？我望着，心想不至于打中它吧？蝾螈那反张颤抖的尾巴自然地静止垂下，于是臂膀像不支似的张开来，朝外伸出的两只前脚，爪子向内一缩，身子无力地向前倒下，尾巴平贴在河石上。蝾螈已经不动了，死了。真是想不到的事，虽然我也不是没有弄死过虫类，但是全然没有那意思，它却死了，这使我感到很不快。事情发生得多么偶然，对蝾螈来说，死得多么意外。我蹲在那里有一会儿，感到似乎只有蝾螈和我自己，蝾螈与我混而为一，我了解它的心情，真可怜，同时感到了生物的冷清。我偶然没有死，而蝾螈偶然死了。我的心里充满了冷清之情。远方的街灯亮着，我好容易循来路回温泉旅馆。死去的蜜蜂，不知

180

道怎样了？那场雨后，大概已被埋入泥土里。那老鼠呢，流到海里，现在可能已被海水泡得肿胀而漂浮在水面上，与垃圾一起被海浪冲击到海岸了吧？而没有死的我，此刻正在路上走，我怎能不感谢，然而心头并没有涌上一股喜悦之感。觉得生与死，不是两极，似乎没有多大差别。四周很暗了，视觉里只感到远方的灯光，双脚踏地之感，离开了视觉，有一点儿虚无不确，只有头脑不停地活动着。

——志贺直哉《在城崎的时候》[1]

这是对动物完全即物的描写，日本文章的精髓就是透过即物的描写而臻于象征的境界。不过，像最近大江健三郎的文章，把动物描写成宛如性的对象，也表现出动物的另一种美感。

鸽舍上立着的灰布旗子在微露白光的夜空中飘扬，忽而又急急升了上去。鸽舍在那根细长的旗杆下，看来就像一个又瘦又高的人一样虚弱，在昏暗的天色底下几乎消失了踪影。我蹑手蹑脚

1 黄玉燕译：《日本名家小说选第三辑》，联经出版社，1991 年。

爬了进去。

　　爬过了警卫宿舍低低的八角窗下，正准备挺起腰杆来的时候，鸽群快速地拍动着翅膀朝我扑来。我咬紧了嘴唇，把背紧贴着百叶板探头望去，就看到了一个因为长久日晒雨淋而变色的波浪板箱，箱子上旧得弯曲的纱网里有起伏的黑影。突如其来的景象使我的身体僵直——这片小小的黑影分明是一只张开的手掌，而支撑着鸽舍的木架子底下赫然是一双穿着短裤、细瘦的孩子的脚。强压抑住的尖叫在喉咙里溶化，疯狂地想要尖叫着逃出去的冲动突然平静了。

　　接着，我看到纱网中那只漆黑的手掌握住了那在暗黑中为了飞起而奋力展翅的鸽子，握得死紧几乎要痉挛。手掌一松开，鸽子颈部蓬起的灰青色的柔美羽毛就像在夜里褐色的空气中绽开，早已经垂头断了气。我从紧贴着宿舍百叶板的地方向前跨了一步。院长的养子惊愕地张开了嘴巴，一动也不动地瞪着我，手里还握着那只像交欢过后泄了气、缩小了身子的鸽尸。一股怒气将我从屁股、后背到脖子都烧热了起来，我干着喉咙，沉默地瞪着那个混血儿。

　　"啊、啊!"

182

混血儿用力喘着气，身体颤抖起来。"啊、啊"他的手里握着鸽尸，一边仰着头在我的视线下低低喘息。我赶紧又上前一步阻断了前往院长宿舍的退路。在我的压制下，混血儿握着鸽尸翻了个身，转向我刚跨过的围栏跑了几步，就整个暴露在珍珠白的夜光之下了。他回头望了我一眼——那是张僵硬而纯洁的脸，嘴唇干燥而苍白。看到那仿佛在病榻中衰弱地颤抖着的身体，烧烫我的怒意顿时烟消云散。我挺直了身子，躲也不躲地走进了昏暗的光中。

——大江健三郎《鸽子》

这种令人匪夷所思的对动物的性描写，在谷崎润一郎的《猫与庄造与两个女人》里可算是臻于极致。

"莉莉呀……"

"喵……"

"莉莉呀……"

"喵……"

她一连频繁地继续叫了好几次又好几次，每次莉莉都回应她的呼唤，这种情况，是以前从来没有过的。向来非常清楚地知道谁是疼爱自己的人，谁是内心讨厌自己的人，庄造每次叫它时它会答应，但品子叫它时它却都装作没听见，今天晚上却不但叫几次都不嫌烦地回答，还渐渐带有撒娇的意味似的，声音有说不出的温柔。而且，抬起那闪着青色光芒的眼珠，身体一面像波浪般伸展着一面走近扶手下面来，又一下回头往远处走开。大体对猫来说，对原来自己不理睬的人，今天起要请她疼爱自己，多少对以前的无礼怀有抱歉的心态，所以发出那样的声音吧。态度完全改变，仰望今后多加庇护的心意，希望对方能够理解，而拼命表白吧。品子第一次听到这只兽这样温柔地回答她，居然高兴得像小孩子一样，于是一连试着叫了好几次，只是想抱它，却不容易抓到它，因此暂时之间，先离开窗边看看，莉莉终于身体一跃起来，就轻轻地跳进房间里来了。然后完全意想不到地，一直走到坐在床上的品子身边来，前脚往她的膝盖上一搭。

这到底是怎么回事呢——在她还在发呆之间，莉莉一面用那充满哀愁的眼光一直仰头注视着她，一面已经往她胸前靠过来，额头朝她棉织法兰绒的睡衣领子使劲搓揉，于是她也把脸颊凑上去跟它厮磨时，它更伸出舌头往她的下巴啦、耳朵啦、嘴巴周围啦、鼻头啦，到处猛舔个没完。这么说来，听说猫在与人单独相处的时候会接吻，或互相磨脸颊，用完全和人一样的方式表达爱情，就是指这个了，每次看丈夫在没有人看到的地方悄悄地和莉莉玩乐，就是在让它这样亲热啊。——她嗅着猫身上特有的晒过太阳的毛皮臭味，感觉着沙沙的有点刮人皮肤的舌尖，又痛又痒地在她整个脸上到处舔。然后，突然觉得怎么会这么可爱：

"莉莉呀。"

一面叫着，一面忘我地使劲紧紧抱住它，怎么，毛皮上到处闪着冷冷的光点，这才确定刚才果真是被雨淋到了啊。

——谷崎润一郎《猫与庄造与两个女人》[1]

六、最优美的游记应该是什么样子？

这本小书恐怕没有足够的篇幅可以谈这个问题，但我认为最优美的游记是木下杢太郎的文章。木下的文章让我

---

1 赖明珠译：《猫与庄造与两个女人》，联合文学，2006 年。

对未知的国度产生向往，甚至相信如果有朝一日我亲临那个国度，也会看到木下带领我所见到的那些景象。

　　下午在一个旅馆的餐室里用膳，然后上街去找那位先生。午后的街道就像艾雷狄亚[1]的诗句那般狂烈而闲寂，主宰艳蓝穹苍的太阳将一栋栋的建筑压成了蛋黄色，狭窄的步道上荡漾着海洋般墨绿的浓荫。走进装饰烦琐的铁栅门，就可以看到小院子后头铺着石子的大客厅。古巴人的家一定有一个采光的中庭，每个房间的门户都朝着它敞开；院子里有各样的椰子树和与一叶兰同样有着波浪形叶片的虎尾兰、色泽紫红的巴豆，有时也种着桂树。金丝雀和文鸟等小鸟饲养在绿漆的笼子里。晌午的太阳把金发洒在壁面和树叶上时，中庭里便闪耀着梦幻般的光芒，仿佛一千零一夜的世界就在此地上演。

——木下杢太郎《古巴纪行》

1　埃雷迪亚（Heredia，1842—1905），古巴裔法国诗人。

七、关于小孩子的文章

孩童的文章因为它的异想天开和生动直接，往往能够呈现一种事物经过曲解的趣味感，让人耳目一新。山下清的文章就有这种孩童般的特质，不过那毕竟不是文章的主流，因为在儿童诗或作文里才有的天真烂漫，会随着年龄逐渐式微，若非山下清那样几近病入膏肓地执着，人年纪愈大就愈失去天真的魅力。尽管如此，在受到成人常识干扰的同时，又能够显现孩童般纯真灵动的文章就有相当的趣味。小孩子比大人们更亲近"事物的世界"，举凡手里拿着的玩具、庭院里的树、随处散落的石头、昆虫等动物，它们与孩子之间的关系远比大人联结得更深。孩子的发现往往令我们惊奇，但其实是我们自己失去了那份与世界的联结。透过让·科克托《可怕的孩子》[1]以及谷崎润一郎《小小王国》所描写的孩童世界，我们得以经由艺术再一次回归到孩提时候，因此对我来说，比起孩子们写的文章，成人灵魂所描写的儿童世界更显珍贵。

1　原书名为 *Les Enfants Terribles*。

八、谁是小说中的头号美女？

这个问题简单。所谓"小说里的头号美女"的意思是说，如果你在小说中写道："她是古今日本国内外小说里出现过的女性当中，最美丽的一位"，那么她就是了。语言的抽象特性决定了小说中美人的本质。这是戏剧、电影和小说在本质上的差别，也是历史和小说的不同；当我们在说历史上的头号美女的时候，总要加上一些佐证，然而小说自己就是一个浑然天成的小宇宙，它的头号美女可以在任何地方出现，而不需要任何理由。不过，如果非得要我从小说当中推举一个最貌似天仙的美女来，我会说是德利尔·亚当笔下的薇拉。

九、关于小说主角所征服的女性数目

自命风流的 T 氏近来表示，他活到现今五十好几的岁数，总共征服了四千七百名女人，就连历史上著名的光源氏和世之介[1]也不过"调戏女子数三千七百四十二、少年七百二十五"。T 氏对于在人数上超越世之介感到相当自

1　井原西鹤《好色一代男》的主角。

满，不过现实人生要超越文学作品本来就是件简单的事。人类的想象力会有穷尽，现实却无奇不有，比方说，日本古今中外描写杀戮和屠杀的书何其多，却都不如原子弹的惨况来得可怕。现实的领域可以这样以量取胜，但小说家必须对每一个数字赋予具体性，让它们与主题保持关联，同时又要维持小说结构的明快单纯，因此受到数字相当的限制。世间的浪荡子轻易就能打破光源氏或世之介的记录，但是对每一位女性付出过的情感，以及每一段恋情的具体细节通常什么也不记得。卡萨诺瓦[1]的回忆录大概是最接近这类记录的作品，他的回忆录忠实重现了自己的人生，当中只看得到卡萨诺瓦这名男子的情欲轨迹，至于交往过的女性之性格和个性，几乎是不存在的。

埋没在数字里，几乎也就等于埋没在事实当中。小说家则不——他从事实里编织出一个故事，因此就他的立场来说，他和以量制胜的数字领域本应是格格不入的，不过小说家有时为了赋予小说中的事件或人物真实感，也会援引一些数字。比方说，织田作之助的小说里不管是金额、女人的人数、房子的高度、买东西的价格等都有明确的数量，这是小说家追求逼真的方式。最极端的例子莫过于萨德侯爵了，他在《索多玛一百二十天》的结尾，因为

1　贾科莫·卡萨诺瓦（Giacomo Casanova, 1725—1798），意大利冒险家、作家。他在自传《我的一生》中坦承自己曾与一千名女性同床共枕。

不耐逐一描述，干脆提供一个量化的统计，例如：

三月一日以前遭凌虐至死的人数……十人

三月一日以后惨死的人数……二十人

活着归返的人数……十六人

合计……四十六人

类似这样奇特的叙述方式实在难得一见。

十、写文章时的灵感究竟是什么？

龙勃罗梭[1]曾经记录下各种天才的奇行怪癖，在这里引用其中几则：

拉格朗日[2]在创作时会感觉到脉搏不规律的跳动

1　龙勃罗梭（Lombroso, 1835—1909），意大利犯罪学家，创立犯罪的实证学派。下文节录自 Cesare Lombroso, *The Man of Genius*, 1917 年出版。
2　约瑟夫·拉格朗日（Joseph-Louis Lagrange, 1736—1813），意大利出生的法国数学家、力学家、天文学家。

冯席勒[1]会把脚泡在冰水里

帕伊谢洛[2]喜欢在堆积成山的床单底下创作

笛卡尔[3]会把头埋在沙发里

博内[4]会把厚布缠在头上，然后把自己关进
寒冷的房间里

卢梭[5]喜欢顶着大太阳冥想

雪莱[6]喜欢横躺在火炉边上

这些都是牺牲身体的血流量，让大脑在瞬间充血的
办法。

十九世纪前期，诗人柯勒律治[7]在鸦片烟的迷蒙状态
下写出长诗《忽必烈汗》；有一段时间，鸦片成了颓废派
诗人的灵感来源。进入二十世纪以后，还听说让·科克托

1　约翰·克里斯托弗·弗里德里希·冯席勒（Johann Christoph Friedrich von Schiller, 1759—1805），德国著名诗人、哲学家、剧作家及历史学家。
2　乔瓦尼·帕伊谢洛（Giovanni Paisiello, 1740—1816），意大利作曲家。
3　勒内·笛卡尔（Rene Descartes, 1596—1650），法国哲学家、数学家、物理学家、作家。西方近代哲学的奠基人之一。
4　博内（Bonnet, 1819—1892），法国数学家。
5　让-雅克·卢梭（Jean-Jacques Rousseau, 1712—1778），瑞士裔法国思想家、哲学家、作家，他的政治哲学影响法国大革命甚巨，对于美国独立革命、现代政治、社会学以及教育发展也影响深远。
6　珀西·比希·雪莱（Percy Bysshe Shelley, 1792—1822），英国重要的浪漫主义诗人。
7　塞缪尔·泰勒·柯勒律治（Samuel Taylor Coleridge, 1772—1834），英国抒情诗人、评论家和哲学家。

为了得到灵感，曾经吃完一整箱的方糖后，穿上大衣去
睡觉。

十一、幽默和讽刺的分别在哪里？

学术上对此有各式各样的定义，简单来说，幽默无
毒、讽刺有毒，幽默又分高级幽默和低级幽默，却都不伤
人。讽刺也有大众形式的讽刺，例如江户时代的落首[1]、现
今的漫画等，以及伏尔泰[2]《憨第德》那种高水准的讽刺小
说。讽刺小说的杰作大多出于十八世纪，例如孟德斯鸠[3]
《波斯人的信札》，就是以一名初来乍到巴黎的波斯人为
主角，从他的观点写成的小说，利用外来者新鲜而无预设
立场的眼光，来讽刺巴黎种种滑稽的风俗。

粗略来说，讽刺抓住的是在毫无成见或定见之下关注
事物时所看到的畸形，它本来就不为特定的政治或党派服
务。讽刺揭开了我们往往从表面或照习惯理解的事物面
纱，它是暴露事物本质的一种评论形式，只不过它揭开面

1　"落首"是一种讽刺时政的诗歌，在言论自由不彰的年代，往往匿名
张贴在人潮聚集的地方。

2　伏尔泰（Voltaire，原名 Francois-Marie Arouet，1694—1778），法国
启蒙时代思想家、哲学家、文学家，启蒙运动公认的领袖和导师。

3　孟德斯鸠（Montesquieu，1689—1755），法国启蒙时期思想家、社会学家。

纱的方式，和一般的评论比较起来乱无章法，结果让人不禁因为它的怪异而发笑。《格列佛游记》就是一部了不起的讽刺小说，它让我们看见讽刺的首要条件就是要有一个和我们日常生活截然不同的世界，进而从那个世界来反观我们的愚昧，又比如包括伊索在内的许多讽刺作家，就常常借用动物、侏儒、怪物、巨人等非人类之眼，或是波斯人等外族人的眼光来叙述。

相反，幽默则是人类生活中的润滑剂。它使人类因紧张不自在而绷紧的神经得到放松，鼓舞人以轻松愉快的心情面对生活中的种种作为，所以英国人即便是在激烈厮杀的战场上，也要发挥幽默精神。幽默、沉着、男子气概就像同一辆车的车轮长相左右，它是理性最温和的形态。由此看来，虽然德国人素称是阳刚尚武的民族，可是就缺乏幽默感这一点来说，不免少了一项男性的重要特质。

十二、关于性格描写

自二十世纪以来，"性格"这个概念在小说中已经愈来愈无足轻重。它就像每一个人在社会里所扮演的角色——在巴尔扎克的时代，社会就是一个大剧院，每一个人看起来就像是照着他所分配到的角色个性在行动，然而现今我已经不相信人可以像旧家具一样，存在某种坚实的样式，现代人可以同时具备各种不同的性格，并且喜欢在不同性格之间随意切换，好脱离自己平常所扮演的角色。

康斯丹[1]的告白小说《阿尔道夫》是一个人物性格清晰，并且从头到尾都中规中矩照着设定展开的作品。在这部十九世纪初期的小说里，读者可以清楚看到，阿尔道夫优柔寡断的性格是如何将他自己和情人推向万劫不复的地步。作者在结尾这么陈述："所谓的境遇根本不值一提，性格才决定一切。因为人可以斩断外部所有的关联，却无法斩断他与自己的联结。"小说里面，阿尔道夫也不止一次地对自己的性格感到无可奈何，而性格强势的艾蕾诺可以一而再，再而三地伤害懦弱的阿尔道夫。"她的责难刺伤了我的矜持，也诽谤了我的性格"——由此可见这场恋爱乃是性格与性格之间的冲突和纠葛。如果读者想具体地了解"性格"的概念为何，请务必要读一读《阿尔道夫》。

十三、关于方言写的文章

只要想象一下谷崎润一郎（以关西方言写成）的《细

1　本雅明·康斯丹（Benjamin Constant, 1767—1830），法国作家、政治家。

雪》，若是用东京话来写，会是多么恐怖的事，由此就可以知道方言在文学中具有多大的影响力了。《细雪》的翻译若不能传达出这种方言的魅力，效果肯定要大打折扣。谷崎虽然是土生土长的江户人，移居关西之后，为当地的方言心荡神驰，写了好几部关西方言的小说，《卍》就是其中的杰作，它那不可思议的、湿滑的软体动物似的蠕动个不停的小说结构，都要拜关西方言才能成功。

外国作家里头，也有用美国南方语言或者各种不同方言而成功的例子，其中之一就是海明威的《老人与海》，作者利用佛罗里达当地混杂着西班牙腔的英语来突显地方特色。方言是语言和土地结合的特产，其中杂糅了土地以及这片土地的风景、植物、服装、色彩等一切所属，小说当中最难翻译出来的就是这些和人们历史知识与风土感觉结合在一起的方言。要说得上一口流利的方言，绝不会比学一种外语轻松，若非土生土长的人，大概很难说得真正地道。

据说谷崎在写《卍》之时，找了一个大阪人来当助手；我没那么费功夫，写《潮骚》的时候是用标准日语写完了全部的对白，再请那座岛出身的人修改成当地的语言。以木下顺二为首的一些民话剧作家，他们为现代新剧发明的方言，甚至和井伏鳟二所创造的独特语言都截然不同，这种不可思议的方言，为新剧界掀起了现代主义的风潮。使用这种奇异的方言，是为了在舞台上营造出一个不属于世界上任何地方的国度，算是一种取巧的办法，因为在戏剧当中，方言就像麻药，会给观众一种仿佛真实的错觉。部分新手剧作家用一种不知从何而来的方言来写剧本，在我看来是一种技巧上的逃避。

"打针怎么样了？好像有点效果是吗？"

她一回座，就恢复了话题。

"唉……那种玩意儿，非要耐心继续打才行哪。"

"大约要打几次才行呢？"

"他说哪，不能明白保证打几次就会见效，反正就是得耐住性子打打看哪。"

"说不定在结婚以前，照样不会好呢。"

"枅田先生说是这么说，不见得就不会好……"

"我想，靠打针不可能把它像擦掉一样除得干干净净吧。"这样说过后，妙子又道：

"对了，卡达琳娜结婚了哟。"

"呵！寄信给么姐了？"

"昨天在元町遇见戚尔伦科，他一面喊妙子小姐、妙子小姐，一面从后面赶上来，说卡达琳娜结婚了哟，两三天前有信来呢。"

"跟谁结婚了？"

"据说是她当秘书的那家保险公司的总经理呀。"

"终于抓住了是吧！"

"据说寄给戚尔伦科的信上，附有总经理公馆的照片，还写着：我们现在住在这儿。妈妈和哥哥，我先生都会接过来照顾，请赶快到英国来，旅费我们随时可以寄上。据说从照片上看，那间公馆可是不得了的宅院，像城堡一般壮丽呢。"

——谷崎润一郎《细雪》[1]

十四、好的比喻应该是什么样子？

适当的比喻能够使小说免于过度的抽象乏味，令读者耳目一新，并在一瞬间掌握到事物的本质。另外，比喻的缺点是将小说好不容易结晶起来的统一单纯的世界，分化成各种不同想象的领域，所以比喻使用过度就会显得轻佻浮薄，有让坚实的小说世界像烟火般炸开的危险。这里就

1　魏廷朝译：《细雪》，远景出版社，1992年。

从让·科克托的小说里选出几个好得不得了的比喻，给各位参考：

到底是什么神秘的法则，能够令纪优、梵利舒和波蒙公爵夫人这样的人宛如水银似的结合在一起。

人们看着坏疽逐步侵蚀他，仿佛藤蔓包围着一尊石像，只能眼睁睁地见死不救。

人们就在我军如特快车般轰行的枪林弹雨下，在德军那仿佛优美的署名之后一点黑色墨迹般的炮弹交错中，照样地生活作息。

他继续往前走，又看到了别的尸体。这一次是被虐杀的。领子、鞋子、领带和衬衫就像是醉汉边走边脱似的散了一地。

十五、何谓"造语"？

就是辞典里查不到的字词。举个例子来说，久米正雄发明的"微苦笑"一词，如今变成了耳熟能详的语词，这是因为小说家能够敏锐地捕捉到人独特的表情，再以创新的语词来表现，至于时事评论家那些只能通行一时的流行语，就不在讨论的范畴了。文学创作者的造语和轻薄的流行语不同，对过往所有词汇都不足以表达的事物，他就算改造了语汇也要把它表达出来，如果没有这份强烈的迫切感就没有意义；有些作品，例如，一些小说新秀喜欢通篇累牍地堆砌新造语，这实在也有点不够诚恳。乔伊斯曾经写过一本自创语的小说《芬尼根守灵夜》，其中每一个单词都是作者自创，为了这部小说，甚至得新编一部辞典。这些脱离了正轨英文的词汇，是为了因应作者独特的意象和主题而造的，以下就介绍几个《芬尼根守灵夜》辞典里的单字：

Voise——voice+noise……某人形同噪声一般粗嘎的噪音。

Somewhit——somewhat……只比正常少那么一点。

Shellyholders……像贝壳一样凹陷的手。

Satisfiction——Satisfaction+so'tis fiction……才刚保证句句属实，随即就补上一个"才怪"的语调。

Beausome——Bosom+Beau……美丽夜晚的怀抱，或者美人的胸膛。

三岛由纪夫 | 作者

みしま ゆきお　1925—1970

日本小说家、剧作家，曾三次提名诺贝尔文学奖，作品被译为多国语言，被誉为"日本的海明威"。日本新潮社为其专设"三岛由纪夫奖"，以嘉奖新锐作品。主要作品有《假面的告白》《爱的饥渴》《潮骚》《金阁寺》《春雪》《奔马》《晓寺》《天人五衰》等。

黄毓婷 | 译者

日本东京大学大学院综合文化研究科博士，研究专长为日本近代文学，比较文学。译有《书房的钥匙》《松平家的心灵整理术》《为这世间而哭泣未免太可笑：从夏目漱石的来信找到人生出路》等。

图书在版编目（CIP）数据

三岛由纪夫：阅读讲谈 / （日）三岛由纪夫著；黄
毓婷译. —— 北京：商务印书馆，2024
ISBN 978-7-100-23598-3

Ⅰ. ①三… Ⅱ. ①三… ②黄… Ⅲ. ①日本文学—文
学研究 Ⅳ. ①I313.06

中国国家版本馆CIP数据核字（2024）第078331号

三岛由纪夫：阅读讲谈

〔日〕三岛由纪夫　著

黄毓婷　译

商 务 印 书 馆 出 版
（北京王府井大街36号　邮政编码 100710）
商 务 印 书 馆 发 行
山 东 临 沂 新 华 印 刷 物 流
集 团 有 限 责 任 公 司 印 制
ISBN 978-7-100-23598-3

2024年7月第1版　　　开本 787×1092　1/32
2024年7月第1次印刷　　印张 6.5
定价：58.00元